거룩한
어머니
유산

거룩한 어머니 유산

발행일	2018년 5월 18일		
지은이	이 대 위		
펴낸이	손 형 국		
펴낸곳	(주)북랩		
편집인	선일영	편집	오경진, 권혁신, 최승헌, 최예은, 김경무
디자인	이현수, 김민하, 한수희, 김윤주, 허지혜	제작	박기성, 황동현, 구성우, 정성배
마케팅	김회란, 박진관		
출판등록	2004. 12. 1(제2012-000051호)		
주소	서울시 금천구 가산디지털 1로 168, 우림라이온스밸리 B동 B113, 114호		
홈페이지	www.book.co.kr		
전화번호	(02)2026-5777	팩스	(02)2026-5747

ISBN   979-11-6299-056-8 03810(종이책)   979-11-6299-057-5 05810(전자책)

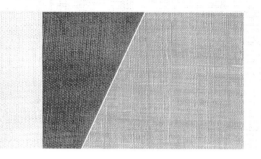

어머니는 내게 **올바른 마음가짐과 예의**,

겸손한 생활태도를 유산으로 남기셨다!

거룩한
어머니
유산

중봉 이대위

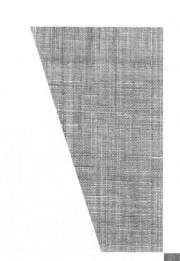

북랩 **book** Lab

　　　　　　나는 내 자손이 이 책을 대대로 정독
(精讀)하고 전수(傳授)하여 책 내용이 의도하는 바를 깨달아, 어디
서든 늘 바른 일을 행하며 자기 책무와 역할을 완벽하게 수행하
면서 행복하게 생활하기를 간절히 바란다.

　나는 사내장부로 세상에 태어나 팔순이 다가오도록 해박한 전
문지식의 학위나 이렇다 할 재력과 자랑할 만한 업적은 세우지
못했다. 그러나 어머니의 생애를 중심으로 잊지 못할 생생한 경
험과 어머니의 일기 등 오랜 기간 여러 자료를 수집·정리하여 기
록으로 남기고자, 사실 자료에 근거하여 심혈을 기울여 이 책을
쓴 것이다. 그리하여 이 기록이 내 자손에게 교훈이 되고, 올곧
은 정신유산으로 각인되기를 절실히 바라는 것이다.

　1950년 6월 25일 일요일 새벽, 대한민국을 기습 공격한 북한군
으로 인하여 아름답고 고요하던 이 나라 금수강산이 하루아침
에 더할 수 없는 혼란과 참담한 폐허가 되었다. 당시 나 같은 어

린 세대는 왜 우리 동족끼리 이 강산에서 싸우는지 알지도 못한 채 6.25 한국동란(1950년 6월 25일-1953년 7월 27일)을 직접 목격하면서 비참한 굶주림과 헐벗은 추위에 시달려야 했다. 어른들도 일촉즉발 끔찍한 전쟁 상황에서 살아남기 위해 서로 돕고 배려하면서, 온갖 고난과 역경을 몸부림쳐 이겨내야 하는 참혹한 생활을 피할 수가 없었다.

그렇지만 현재 풍요로운 환경에서 생활하는 젊은 세대는 내면보다 외면에 더 치중하며, 공동체 의식과 배려, 관용이 부족한 자기 위주로의 편향과 편하고 즐거운 것만 추구한다. 예의범절도 모르고 이기적인 행위가 너무 많이 보인다. 우리 세대는 지속된 모든 국민의 생활고(生活苦)를 해결하기 위해 국가 정책에 따라 1960-1970년대에 밤낮없이 온종일 고된 일에만 몰두해야 했다. 또 해외 근로자들은 장기간 가족과 멀리 떨어져 험한 일을 해야 하는 극빈(極貧)한 시대였다. 그런 시대에 국민 모두가 의식주와 주거 환경을 개선하고 나라 경제발전에 매진했다. 그랬기에 불가피하게 우리 세대는 한참 성장하는 자녀에게 신경 쓰지 못하고 올바른 지도와 역할을 행사하지 못했다. 바로 그 때문에 젊은이들의 저런 모습이 되지 않았을까 나는 생각한다.

가정이나 국가나 백년대계를 위해서는 타고난 개인의 성품과 국민 성향도 중요하다. 하지만 그것 못지않게 인품 형성에 가장 중요한 요건은 한참 몸과 마음이 성장하는 사춘기 이전 어린 시기에 부모의 생활 모습을 통한 가정교육과 주위 환경이라고 나는 믿어 의심치 않는다. 그 영향력은 참으로 지대하다. 따라서 훌륭한 가문의 가정과 부부는 서로 귀하게 대접하면서 집안 어른을 공경하고, 화목한 가족관계를 이끌며 조상의 얼을 받들어 계승하고 있다. 또 강한 선진 국가에는 면면(綿綿)히 이어가는 민족정신과 합치된 사회교육 환경 조성과 건전한 국민교육 정책이 반드시 갖추어져 있다. 특히 가정에서는 아버지보다 어머니가 투철한 역사의식과 온건한 교육철학을 견지하고 공명정대한 사고(思考)로 자녀를 지도 육성해야 한다. 그래야 가정이 튼튼해지고 나라가 강하게 발전할 수 있다고 나는 확신한다.

　모계(母系) 중심 가정문화가 정착된 소수민족 이스라엘이 경상북도만 한 아주 척박한 작은 땅에서 경이롭게 살아가는 과정, 세계 인구의 0.2%에 불과한 1,400만 명 유대민족이 세계에 미치는 영향과 파급력을 살펴보면, 가정에서 어머니의 역할이 얼마나 중요한지 잘 알 수 있지 않은가?! 2000여 년 나라 없이 떠돌던 나그네 민족(Diaspora) 유대인이 세계 노벨상 수상자 중 22%, 미국의 아이비리그 대학교수 40%, 대부호 25%, 고위 공직자 15% 이상을 차지하고 있다는 사실, 그리고 아랍 대국과 여러 번의 전쟁에서도 전승한 사실만 보더라도 그렇다. '다시는 당하지 않겠다'는 이스라엘 어머니들의 투철한 유대민족 역사관에 따른 나라 사랑과 히브리어 사랑, 그로 인한 남다른 자녀교육 방법과 역할이 탁월하여 자녀를 강인한 유대 민족으로 육성하는 데 지대한 숨은 공로가 있다. 이를 누가 부인하겠는가?!

　나에겐 중학생 시절부터 언제나 명랑쾌활하고 착하고 소박한 막역지우가 있다. 그 친구는 대단히 큰 부잣집 막내아들이었다.

서울에 근접한 OO 지역을 가려면 그 집이 소유한 땅을 밟지 않고는 갈 수 없다고 할 만큼 광대한 토지를 소유하고 있는 거부여서, 그 집엔 늘 오곡백과가 풍성했다. 그러나 세월이 흘러 춘부장은 작고하시고 맏형이 주도한 새로운 사업은 거듭 실패만 했고, 그로 인해 친구마저 극빈한 생활고에 허덕였다. 그런 모습을 후일에 목격하고 나는 경악을 금치 못했다.

한 세대도 못 가 짧은 기간에 그 거대한 재산을 잃어버렸으니 나는 몹시 마음 아프게 안타까워하며, 새삼 깨닫게 된 것은 "황금 백만 냥이 자식 하나 가르침만 못하다"(黃金百萬兩 不如一敎子)는 안중근 의사의 유묵(遺墨) 가르침이었다. 그 친구는 지금 자수성가해 어바인(Irvine, CA)에 살고 있다. 이러한 실태는 부모나 지도자의 리더십에 따른 생활환경 조성과 교육훈련 방법에 따라 그 결과가 천차만별로 나타나는 현상이라고 나는 믿는다.

행복한 가정과 불행한 가정, 강한 국가와 약한 국가들을 세심히 알아보면, 미래를 위해 준비하고 실천해야 할 과제가 무엇인지 알 수 있지 않은가?! 자신이 바라는 목표를 향하여 철저히 준비하고 줄기차게 실천하는 사람만이 훗날 진정한 기쁨을 누릴 수 있고 밝은 미래를 기대할 수 있다. 그러므로 언제나 자기 자신을 이겨가며 맡은 책무와 역할을 완벽하게 100% 완수해야 한다. 책무와 역할을 100% 완수하기 위해서는 심신(心身)의 고통과 힘겨운 역경도 어김없이 수반되니, 이를 헌신적인 희생정신으로 인내하면서 기필코 극복해야만 목표한 바가 성사될 수 있다. 또한 가정을 이룬 부부는 처음 언약을 늘 기억하고, 서로 믿고 존중하면서 조상을 섬기며, 양가 어른을 공경하고 화목하게 가정 분위기를 조성해야 자녀에게 본(本)이 되고 존경받으며 행복하고 튼튼한 가정으로 이끌 수 있다.

사람은 남녀노소 지위고하를 막론하고, 나는 혼자가 아니라 최소한 인간 생활의 근본인 가정 구성원으로서, 특정 조직과 국가 일원으로서, 넓게는 인류 사회의 한 사람으로서 책임과 의무와 역할을 다해야 한다. 그래야 자신이 처한 조직이 발전하고 화평할 수 있다. 그런데 그 시작은 내가 내 가정에서부터 책무와 역할을 다하면서, 사회 일원으로 살아가야 할 소중한 존재라는 것을 깨닫는 것이다.

내 자손들은 자신의 존재가 이렇게 중대함을 가슴 깊이 인식하고 온건한 가치관과 목표 달성을 위한 굳센 의지를 가지고 늘 정예(正禮)롭고 진실하게 생활하기를 나는 간절히 소망한다. 그 소망을 저승에 가서도 기원할 것이다.

내 자손들아!

감추고 싶은 집안 치부(恥部)도 숨김없이 수록했다. 그 이유는 한 가정 부모는 가족에 대한 책무와 역할이 무엇보다 제일중차대(第一重且大)하고 인간생활에서 가장 기본 사항임을 강조하기 위함이다. 그러니 아무도, 누구도 탓하지 말기 바란다. 신신당부하건대, 원근(遠近) 관계를 떠나 누구에게나 무책임한 막말과 거짓말, 그리고 버릇없는 경거망동(輕擧妄動)은 추호도 하지 말라! 특히 가족이나 허물없이 대하는 친근한 관계일수록 더욱 예의범절을 갖추고, 온유 겸손하고 친절한 언행으로 대접하기를 습관화하고 실행해야 만사가 평안하다.

"온유한 자는 복이 있나니 저희가 땅을 기업으로 받을 것이요."

따라서 나의 자손 만대는 한결같이 가성생활과 더불어 인간사회에서 살아가는 과정이 진정으로 자랑스럽고 즐거우며 보람찬 생활되기를 바라는 마음 그지없다. 그래서 사실대로 핵심 줄거리만 요약하여 기록했다. 그러니 이 책이 의도하는 바를 올바르게 깨닫고, 자손 대대로 잘 읽히고 전수(傳受)하여 확고한 신념과 올곧은 가치관을 굳게 갖추고 실천하여, 모범적인 행복한 가정생활을 영유하기 바란다. 그러면서 세세손손 번창하며 인류 공영에 이바지하기를 나는 간절히 갈망하며 거듭거듭 당부한다.

2018년 봄 어머니를 흠모하며

Contents

Part.03 내가 보낸 편지들

Part.01
1920-1967

어머니 생애의 사적(事蹟)

정예당 이옥근 여사 영정

어머니의
고향과 성향

어머니 정예당 이옥근(李玉根) 여사는 1920년 1월 28일(음력 1919년 12월 8일) 평안남도 진남포시 용정리 95번지에서 탄생하셨다. 어머니는 외조부 이득준(李得俊)과 외조모 정득은(鄭得恩) 사이에서 오빠(正根) 한 분을 두고 태어나셨다.

어머니의 고향 평양남도 진남포는 대동강 하구 북쪽에 위치하여 평양의 외항 구실을 하는 곳이라고 한다. 그곳은 19세기 말 서구 기독교 선교사가 들어와 땅을 매입하여 교회 겸 학교를 설립하고, 지역주민들을 대상으로 포교 활동과 문맹퇴치 운동을 벌여, 일찍이 서구화와 기독교 사상이 전수되어 개화된 지역이라고 한다. 그래서인지 외조모와 어머니는 독실한 기독교 신앙인으로서 청교도적 성향을 지녀, 철저하게 자신들에게 엄격하신 분들이다. 뿐만 아니라 어머니는 기독교 정신과 유교적 성향이 강하여 인간의 본디 마음자세를 늘 견지하셨고, 오륜(五倫)을 습관적으로 실천하신 분이다(註 참조). 엄격하신 어머니는 자식이 어려도 자식이 할 일은 스스로 처리하도록 지도하셨고, 간혹 잘못이 있어도 묵인하시거나 감싸는 일은 한 번도 없어 나는 어머니를 대하기가 매우 조심스러웠다. 어머니는 매사에 정확하고 엄격한 분이셨다. 또한 어머니는 요리, 양재(디자인, 바느질), 수예, 오르간 연주 솜씨가 대단히 좋으셔서, 이웃 아낙네들이 우리집에 모여 가르치시는 모습을 종종 보기도 했다. 또 어머니 자신의 옷은 물론 자식들 옷도 늘 손수 만들어 입혀주셨다.

　내가 어린 시절, 한번은 가까운 인척이 준 용돈으로 평소에 갖고 싶던 소품을 사들고 스스럼없이 어머니에게 말씀드렸다. 그러자 어머니는 "허락도 없이 네 마음대로 버릇없이 하면 되느냐?"고 호되게 질책하셨다. 나는 그때를 잊지 못한다. 초달(楚撻)받으며 엄한 훈계를 듣던 당시엔 어머니가 야속하고 몹시 어려웠지만, 그때 그 호된 훈계가 나도 모르게 어떤 일을 하든 심사숙고하여 준비하고 시행하는 습성을 갖게 하여, 어머니에게 늘 감사하고 있다. 성장하여 어떤 직무를 맡든 나는 틀림없이 신속정확하게 임무를 완수하여 신임을 받았고, 성실하고 예의바르다는 찬사를 많이 듣게 되었다. 그래서 그 훈계가 하해와 같이 깊고 넓은 어머니의 사랑임을 깨달았다.

　모든 사람이 애모(愛母)하듯이 나 또한 내 어머니를 늘 존경하며 흠모하고 있다. 내 어머니는 온갖 고초와 역경을 견디시며 6.25 한국동란 중에도 홀로 자식을 키우시고 가르치셨다. 그런데 살아생전 한순간도 흡족하게 보내신 세월도 없이 1967년 12월 6일 당신의 즐풍목우(櫛風沐雨)한 48년의 짧은 생애를 조용히 마감하시고 임종하셨으니, 애석한 마음 그지없다. 감지덕지한 어머니의 은공 덕분으로 잘살고 있는 이 자식은 눈부시게 발전한 우리나라의 풍요로운 생활환경 속에서 살아가고 있는데, 내 어머니는 그런 세상을 전혀 예상하지도 알지도 못하시고 참혹한 고생만 하시다가, 너무 일찍 세상을 떠나셨다. 그러니 불초자는 더욱 안타까워하며, 어머니가 더욱 그립고 사무치게 애모(哀慕)하는 마음 한량없어, 어머니 영정을 바라보며 눈물지고 있다.

[註] 본디 마음: 仁-惻隱之心, 義-羞惡之心, 禮-辭讓之心, 智-是非之心
五 倫: 親-親切/謙遜 義-正義/義理 別-身分/分數 序-秩序/禮儀 信-眞實/志操

어머니의
결혼 생활 10년

어머니는 1940년 4월 10일 아버지와 혼인한 것으로 호적에 기록되어 있다. 아버지는 조부 이인호(李麟浩)와 조모 문정수(文正守) 사이에서 형(泰善), 누이(点端), 동생(泰鉉) 등 3남 1녀 중 셋째로 태어나셨다.

아버지의 본명은 이태윤(李泰允, 음력 1916년 9월 4일생)이다. 하지만 아버지가 예수님의 제자 요한을 좋아하신다며 개명(改名)을 요구하여, 어머니가 1958년 호적을 취득하시면서 개정하셨다.

두 분과 외조모는 평안도에서 같은 교회를 다니셨다는데, 외조모가 아버지를 좋게 보시고 외조모께서 어머니에게 권고하여 두 분이 혼인하셨단다. 혼인 이후 두 분은 만주, 봉천, 중국 일본 등지로 이주하며 생활하시다가, 1945년 8월 15일 광복과 더불어 일본에서 대한민국 황해도 연백으로 귀국하셨다. 귀국 당시 나는 일본 말은 잘했어도 우리나라 말을 못 해, 어머니가 오르간(풍금)을 치시며 우리말을 노래로 열심히 가르쳐주셨다. 나는 그때 배운 노래를 지금도 잊지 않고 부르고 있다.

그 당시 아버지는 그곳에서 교회 목회자 겸 호동공립국민학교 교사 생활을 하셨다. 그 학교 10회 졸업생과 1947년 7월 기념 촬영한 아버지 사진이 내 앨범 첫 장에 있다. 그 시절 우리는 우리 가족뿐만 아니라 내 사촌형(이영락)과 외사촌 여동생(이혜순)도 함께 생활했다. 그러니 어려운 살림살이에 어머니 역할이 얼마나 과중하셨을까! 그러나 어머니는 내 사촌형제들도 차별 없이 사랑하셨고, 저녁 준비를 하신 후 우리 손을 잡고 아버지를 마중 나가시곤 하셨다. 멀리서 오시는 키 작은 분이 아버지인 것을 곧 알아보시고 반가워하시는 어머니의 미소 띤 밝은 표정을 나는 그 후 한 번도 보지 못했다. 세월이 흘러 사촌형은 자원하여 군대에 가셨고, 외사촌 여동생은 원인도 모르게 갑자기 사망하여 외삼촌이 우리집에 오셨는데, 나는 그때 키가 서양 사람처럼 굉장히 큰 외삼촌을 처음 뵈었다.

　　그 후 어느 날인지는 모르나 아버지의 종교적인 연유로 우리 가족 모두는 서울 외각 삼각산 기슭 외딴 곳으로 이주했다. 자하문 고개를 넘어 세검정을 거쳐 평창동을 지나 걸어서 도착한 삼각산 아래턱이었다. 어머니에게 닥친 고난과 역경은 이곳에서부터라고 생각한다. 그곳은 지붕이 군용천막으로 된 토담집으로, 외조모의 성함과 똑같은 '정득은'이라는 단발머리 할머니를 중심으로 중년남녀 여러 명이 함께 생활하는, 인척이 거의 없는 두메산골 외딴 곳이었다. 단발머리 할머니를 '정 도령님'이라고 극진히 모시고 따르는 그 사람들은 남녀가 피 가름으로 거듭난다는 단발머리 할머니의 말을 믿고 따르는 것 같았다. 그로 인해 아버지가 처자식을 버린 것이 아닌지 의심이 들지만, 잘 모르겠다. 그 곳에서 생활하는 중에 어머니께서 몰래 숨어 우시는 모습을 가 끔 보았다. 그러나 나를 보시면 얼른 눈물을 감추시고 아닌 척하 셨다. 나는 그때마다 어머니의 눈물은 아버지 때문이라고 생각했 다.

막내동생 대신(大信)이가 태어나고 이듬해인 1950년 봄, 같이 생 활하던 정득은 단발머리 할머니와 그 사람들은 어디론가 다 가 고, 아버지도 이때 송숙의(宋淑儀)라는 연갑(年甲)의 여인과 함께 우리 곁을 떠나가셨다. 인척이 거의 없는 두메산골 군용천막 토 담집에는 어머니와 철없는 세 아들(10세. 6세. 2세)만 남아서 외로이 생활했다.

1950년 6월 25일 일요일 새벽, 자유 대한민국을 기습 공격한 북한 공산군으로 인하여 우리 어머니와 세 아들은 물론 온 국민 이 온갖 시련과 역경을 겪게 되었다. 어머니의 결혼생활은 이것 이 전부라고 생각한다.

승공(勝共) 투사
어머니

　　1950년 6월 25일 일요일, 이른 아침 멀리서 들려오는 포성을 어머니는 천둥소리로 착각하시고 "가뭄이 계속되더니 이제야 비가 올 모양이구나." 하셨다. 어머니의 그 말씀이 기억되는 매년 그날이면 나도 모르게 마음이 무겁고 숙연해진다. 어머니는 우리들 먹을 양식 때문에 장안에 다녀오신 후에야 이 나라에 동란(動亂)이 일어났음을 아시고 몹시 걱정하셨다. 하지만 마땅히 갈 곳도 없는데, 피난 고생하지 말고 우리는 여기서 그대로 살자며, 어린 세 아들과 함께 그 외딴 두메산골 토담집에서 외롭게 생활했다. 그해 여름 어머니는 누런 오이를 밭에서 거두어 우리에게 먹이기도 하고, 무슨 풀인지 뜯어다 삶아 된장에 묻혀 먹이기도 하며, 그야말로 초근목피로 끼니를 때우면서 비참하게 생활했다. 그 시절 어머니의 심정과 생활 모습을 생각하면 가슴이 미어져 눈물이 절로 나서 흐느껴 울기를 몇 번이던가!

　　그러던 그해 여름 어느 날, 지붕이 군용천막으로 된 우리 토담

집을 적군 은거지로 오인했는지, UN군 전투기가 갑자기 나타나 기관총을 퍼부으며 공격했다. 그러자 어머니가 깜작 놀라 우리를 방 한쪽 구석으로 피신시키고 솜이불로 덮어씌워 이불 위에서 우리를 감싸안고 계셨다. 전투기가 지나가고 보니 천정에 구멍이 여러 곳 났다. 하지만 우리 식구는 모두 무사했다. 그때 어머니와 나는 방바닥에 박힌 총탄과 파편을 생전 처음 보고 놀랐다.

그런 생활 중에 그해 초가을 산으로 나무하러 가신 어머니가 국군포로 3명과 의용군 탈출병 2명을 데리고 오셨다. 그들은 곧 서울이 탈환된다며, 그때까지만 숨겨달라고 어머니에게 간청했다. 그래서 어머니는 우리집 인근에서 은신하도록 하셨다. 하지만 5명이나 되는 장정들 먹을 양식 때문에 어머니는 퍽이나 걱정하시고 엄청 고생도 많이 하셨다. 어머니는 막내를 업으시고 새벽에 장안으로 가서, 저녁이 지나 어두워져서야 식량을 구하여 머리에 이시고 땀에 흠뻑 젖은 몸으로 힘들게 오시곤 했다. 그런 고달픈 어머니의 그 모습을 나는 영원히 잊을 수가 없다.

어느 날은 밤이 꽤 깊었는데도 막내를 업으시고 양식을 구하러 가신 어머니가 오시지 않아 동생과 함께 어머니를 찾아 헤매며 형제가 목놓아 울부짖었다. 행여 어머니를 잃은 것은 아닌지 몹시 걱정되고 두려움에 짓눌려 앞이 캄캄했다. 그러나 땀에 흠뻑 젖어 녹초가 되신 모습으로 돌아오시는 어머니를 만나서야 우리 형제는 안도할 수 있었다. "그때의 그 밤을 어찌 잊을 수 있겠는가?!"

그렇게 지내던 어느 날 어머니는 탈출병들에게 어젯밤 꿈이 안 좋으니 오늘은 산에 들어가 숨어 있으라고 부탁하셨다. 그러나 그들은 어머니 말씀을 무시하고 밖에서 서성대며 지냈다. 그러다가 해질 무렵 저 아래서 따발총과 장총을 맨 빨치산들이 우리집 쪽으로 다가오는 모습을 목격하고서야 허겁지겁 산으로 피신했다. 우리집에 당도한 빨치산 3명은 서성대던 탈출병들을 보았는지, 어머니에게 그들이 숨어 있는 곳을 대라며 야멸치게 다그치며 얄망궂게 회유하며 겁박했다. 그렇지만 어머니는 일체 모른다고 완강히 버티셨다.

빨치산은 울며불며 매달린 나를 뿌리치고 어머니를 난폭하게 마당으로 끌고 가서 강압적으로 어머니를 뒤로 돌아 양손을 들게 했다. 그리고는 총살시킨다며 장총을 겨누는 것이 아닌가! 이에 어머니는 굴하지 않으시고 즉시 뒤로 돌아서면서 "쏴 죽여라. 난 자유 대한이 좋다!" 하시며 두 손으로 저고리 목 부분을 가르시며 당차게 말씀하셨다. 그러자 빨치산은 기가 꺾였는지, 어머니 고향이 어디냐고 묻는다. 이에 어머니는 "고향은 왜 묻나? 내 고향은 평안도다."라고 하시니, "이북 여자?! 당돌하네!" 하면서 장총을 거두었다. 어머니의 생사(生死)와 우리 운명이 좌우되는 그 순간은 나에겐 더없이 두렵고 끔찍한 악몽 같은 긴 시간이자 영원히 잊을 수 없는 사태(事態)였다.

어두운 밤이 되자 빨치산들은 나에게 횃불을 들게 하고 장총에 꽂힌 긴 창으로 내 등을 쿡쿡 찌르며 가리키는 대로 앞장서 가라면서 주변을 샅샅이 수색했다. 그러나 우리집 인근에는 탈출병들이 없었다. 그러자 빨치산들은 그 길로 산길을 따라 북으로 향해 갔다. 잠시 후 빨치산들이 간 방향에서 총소리가 요란하게 나더니 잠잠해지고, 오랜 시간이 지나도 탈출병들은 돌아오지 않았다. 이때 어머니는 갓 30이 넘은 연약한 여인의 몸이었다. 그런데 이같이 목숨이 경각에 달린 극단적인 절박한 위기 상황에서도 당당하게 불의와 맞서며, 굴복치 않으시고 의연하게 대응하셨다. 그런 굳건한 어머니의 모습은 내 어린 가슴에 깊이 각인되어 늘 잠재하고 있고 강인한 기저(基底)를 이루고 있다.

그 사태 후 우리는 곧 그 토담집에서 아랫마을 평창동 빈 초가집으로 이사하여 1950년 9월 28일 서울 수복을 맞이했다. 여기서도 어느 날 안면부지의 젊은 여인이 우리집에 찾아와 어머니와 무슨 말을 나누더니, 그 여인이 우리가 사는 옆방에서 생활하게 되었다. 어머니는 이 여인을 다리를 절룩거리는 동네 소아마비 청년에게 중매하여 애써 혼인을 성사시켰다. 그러나 그 여인은 결혼 다음 날 새벽, 짐을 챙겨 도주했다. 그런 사실을 청년의 어머니가 어머니를 찾아와 언성을 높이며 고하니, 어머니도 놀라 이른 아침 급히 추적하여 그 여인을 기어이 잡아 경찰에 넘기셨다.

경찰에서 그 여인을 조사해보니, 우리 국군 활동을 후방에서 관찰하여 북한군에게 알리는 여간첩이라고 했다. 그 여인과 연결된 또 다른 지하 조직망도 일망타진했다고 한다. 지금 상황이라면 어머니는 국가로부터 포상은 물론 많은 사람으로부터 아낌없는 찬사와 영광을 누렸을 것이다. 하지만 전쟁 상황 중이라 그랬는지 어머니에겐 조사 결과만 알려주었을 뿐이다.

우리 식구의 생활은 여전히 빈곤하여 종종 굶거나, 멀건 밀가루 수제비 아니면 쌀겨 지게미로 끼니를 해결했다. 그러니 우리 가족은 영양실조로 시달려야 했다. 그러나 어머니는 아무리 생활이 궁핍해도 남에게 신세를 지거나 피해를 주시기는커녕, 도리어 우리집에 구걸 온 사람을 밖에 손님이 오셨다며, 우리의 주식인 밀가루 수제비를 따듯하게 데워 마루에다 상을 차려놓으시고, 앉아서 편하게 천천히 들도록 권하시며 친절히 대하셨다. 그럴 때면 어린 내 생각은, 우리도 먹을 양식이 부족한데 어머니가 왜 그러시는지 의아해했다. 내가 어른이 되어보니 어머니가 진실로 참사랑의 실천자요 위대하신 승공 투사였음을 자랑하고 싶고, 내 어머니의 공적을 만천하에 고하여 알리고 싶은 마음 간절하다.

자식을 홀로 키우신
어머니

1950년 겨울은 유난히도 춥고 눈도 많이 왔다. 굶주림에 허기지며 추위에 떨던 지겨운 겨울이 지나고, 이듬해 봄 어머니는 봇짐을 들고 머리에 이신 채 우리를 이끌고, 평창동에서 세검정을 거쳐 자하문을 지나, 북악산이 마주 보이는 청운동으로 걸어서 이사를 했다. 그러나 여기서도 우리는 여전히 극빈한 생활을 면할 수 없었다. 그래서 어머니는 그 연약한 몸으로 장성한 남자들도 힘들어하는 나무 장사를 매일매일 하시면서 세 아들을 키우셨다.

이른 아침 어머니는 북악산에 올라 나무를 수거하여 머리에 이시고 시장에 나가 팔았다. 그래야만 일일 양식을 해결할 수 있는 처절한 하루살이 생활이었다. 무더운 여름 어쩌다 한번은 나도 어머니를 따라 북악산에 올라 집에서 땔나무를 해오기도 했다. 어느 날 어머니는 시장에 팔 나무를 수거하시는 중에, 땀과 흙먼지로 뒤범벅된 고무신 때문에 갑자기 미끄러지시면서 경사진 큰 바위 위로 구르셨다. 그러나 다행히 천우신조로 어머니는 큰 상처 없이 무사하셨다. 북악산 중턱 평평하게 비탈진 검은 큰 바위가 바로 그곳이다. TV로 종종 방영되는 청와대를 보면서, 뒤편의 그 검고 넓은 바위가 선명하게 보일 때면, 그 시절 그때 어머니의 모습이 떠올라 마음이 저며오듯 울적해진다. 어느 날 밤, 나는 나무 짐을 지고 어머니와 함께 귀가 도중에 너무 힘들어 혼자 처져 앉아 쉬었는데, 무거운 등짐 때문에 다시 일어나지 못해 끙끙대며 한참 애를 썼다. 그러다가 행인의 도움으로 겨우 일어나 어두워진 깊은 밤길을 허기진 배를 움켜잡고 힘겹게 간신히 집에 도착한 일이 있다. 나는 그 밤을 지금도 잊지 못한다. 우리 식구는 이렇게 하루하루 끼니를 해결하는 고달픈 생활을 하고 있었다. 그런데 아닌 밤중에 홍두깨라더니, 어느 날 느닷없이 경찰관이 우리집에 나타나 어머니를 미군부대 군수물자 암거래 상인으로 잘못 알고 경찰서로 끌고 갔다. 어떻게 고문을 했는지 어머니의 두 어깨와 등에 검은 피멍이 들고 깊은 상처를 입었다. 하지만 억울한 누명을 어찌할 수 없어 어머니와 나는 마냥 흐느껴 울기만 했다. 온갖 고난의 연속이었지만 어머니는 나에게 매일 공부할 숙제를 주시고, 저녁에 귀가하시면 반드시 확인하셨다. 그 당시 공부라야 국어, 산수, 사회 정도였다. 아들의 공부를 염려하시는 어머니의 마음을 나는 헤아리지 못하고, 교과 공부를 게을리 하여 초달(楚撻)받기도 했다.

한여름 밤 모기장 안에서 내가 구구단을 소리 내어 외우면 어머니는 그것을 듣고 계셨는데, 피곤하여 지치신 어머니가 졸고 계시면 나는 구구단 외우기를 중단했다. 그러나 어머니는 다시 깨어 계속하라고 독려하시고 끝까지 확인하셨다. 또한 어머니는 독실한 기독교 신자이신지라, 일요일에 가까운 교회가 없어 못 가서도 집에서 자식들과 함께 예배드리며 성경 내용을 주제로 말씀해주시곤 했다. 그 말씀의 요지는 정직하고 성실하게 열심히 살아야 한다는 것이었다. 그것을 입버릇처럼 늘 강조하시고 성경 이야기들을 많이 들려주셨다.

하나님의 천지창조 이야기로부터 아담과 하와, 가인과 아벨, 노아와 방주, 아브라함과 이삭, 에서와 야곱, 야곱의 12아들, 요셉의 꿈과 애급 생활, 모세의 기적, 다윗과 골리앗, 솔로몬의 잠언, 예수님의 산상수훈, 예수님의 십자가와 좌우 강도 이야기 등, 나는 성서에 있는 내용들을 매우 흥미롭게 들었다. 지금도 나는 이미 아는 내용들이지만, 내 책상에 놓인 신구약성서를 종종 읽곤 한다. 내 이름을 대위(大衛)라고 지은 것도 구약성서에 나오는 다윗(David) 왕의 이름에서 비롯되었다고 하시며, 늘 강건하고 진실해야 한다고 당부하셨다.

동란 중이라 나는 이렇게 어머니의 가르침으로 공부를 했다. 그러다가 휴전 이후 초등학교가 정상적으로 운영되면서부터 서울 종로구 OO동에 있는 OO초등학교 5학년에 편입하여 1954년 3월 졸업했다. 그리고 그해 OO중학교에 합격했다. 그러나 그 시대는 중학교 과정이 의무교육이 아니었기에, 생활고에 시달리는 우리로서는 학자금을 조달할 수 없어 도저히 진학할 수가 없었다. 그러나 어머니는 어디서 구해 오셨는지 중학교 1학년 국어, 영어, 수학 교재 등의 헌책을 주시며 내가 공부하도록 지도하시고 확인하셨다. 교재 외에도 교양서적을 읽어보고 독후감을 쓰도록 권고하셨다. 그때『성공으로 가는 길』이란 헌책을 감명 깊게 봐서, 지금도 잊지 않고 그 내용을 기억하고 있다.

동서고금을 막론하고 성공한 사람들의 공통점은 어머니가 강조하신 바와 같이 정직, 근면, 성실하고 긍정적 사고와 적극성을 가지고 있었다. 하지만 나는 그 당시에는 지식으로만 알 뿐 그다지 실감하지 못했다. 그러나 어머니가 그렇게 강조하시던 정직(正直)과 성실(誠實)의 진정한 의미의 진가를 나는 장성해서야 여러 층의 사람들과 관계를 맺으며 알게 되었다. 특히 친근한 주변사람과의 관계에서 물심양면으로 쓰라린 고통을 당해보니, 인간 생활에서 그것처럼 고귀한 가치와 아름다움이 없다는 것을 절실하게 깨달았다.

애달픈
전쟁미망인 생활

우리 식구는 종로구 청운동 내에서도 이 집 저 집으로 3회 이상 이주하면서 어렵게 생활했다. 그러던 중에 1954년 가을 해군본부 군목 중령으로 근무하시는 외삼촌과 연결되었다. 외삼촌이 우리 네 식구의 빈곤한 생활 형편을 아시고 용산구 도원동에 있는 성심모자원(聖心母子院)으로 안내하여 입주하게 되었다. 성심모자원은 기독교 단체에서 자선사업으로 운영하는 곳으로, 6.25 한국동란으로 발생한 전국 전쟁미망인 37만여 명을 대상으로 하여, 접수된 미망인과 어린 자녀가 모여 거주, 생활하는 곳이다. 그곳 건물은 3동이 2층과 3층으로 건축되었고, 동네 삼거리를 중심으로 배치된 일본식 큰 건물들이다.

입주한 미망인 모자 가족에겐 기거할 수 있는 방과 일자리와 할일을 마련해주기 때문에 우리 식구는 비교적 안정된 생활을 할 수 있었다. 넓은 다다미 방 하나에 두 모자 가정이 함께 기거했다. 미망인들은 모두 지정된 한 장소에 모여 일거리를 배정받아 일을 했다. 일거리는 바느질과 재봉틀을 이용한 각종 수예품, 그리고 갖가지 여성용 소품을 만드는 일이다. 내 어머니의 특기와 취미가 양재(디자인, 바느질)와 수예이신지라, 물고기가 물을 만난 격이었다. 섬세한 어머니의 솜씨로 아름답게 만든 여성용 수예 핸드백 등 여러 제품은 모자원 원장님도 매우 흡족해하시며 대단히 기뻐하셨다고 한다. 어머니가 만드신 수예품이나 소품들은 그 당시 국내 최고인 반도호텔에서 외국인 여성들에게 인기가 높아 잘 팔렸다고 한다.

6.25 한국동란으로 인한 전쟁미망인 가정들이라 살림살이는 보잘것없이 초라했다. 그러나 정리정돈이 잘되고 깨끗한 환경을 만들며 생활하는 알뜰한 젊은 여성들이었다. 우리와 같이 기거하는 전쟁미망인은 밤이면 잠자리에서 종종 어린 아들을 껴안고 전사한 남편 생각으로 잠못 이루며 흐느끼기도 했다. 그 울음소리가 참으로 측은하고 애처로워 나도 모르게 흐르는 눈물을 닦곤 했다.

그런데 우리 아버지는 전사자도 아니다. 6.25 한국동란 발발 전에 집을 나가신 후 아무런 소식도 듣지 못해 나는 아버지 행방을 전혀 알지 못한다. 그 시절 어머니는 아버지 없이 생활하는 아들이 행여 버릇없이 못된 자식이 되지 않을까 노심초사하시며 꽤나 신경 쓰셨다. 동네 아이들과 놀아도 누구와 무엇을 하며 노는지 확인하셨고, 어쩌다 동네 아이들과 싸움을 하면 한번도 나를 감싸거나 역성들지 않으셨다. 일단 상대 어머니에게 미안하다고 하시고 집에 와서야 시시비비를 가려주셨다. 그러면서 너는 그러지 말라고 당부하셨다.

이렇게 남편 없이 자녀를 홀로 양육하는 어머니들의 애달프고 고된 생활을 나는 마음 아프게 생각하면서도, 많은 세월이 흘러 팔순이 다 되도록 어머니 은혜를 보답하지 못해 아쉬웠다. 그래서 곰곰이 생각한 결과, 어머니의 행적과 넋을 받들고 추모하는 방법은 어머니의 아호 '정예당' 명의로 후원금을 마련하여 지원함으로써 조금이라도 우리 사회 발전에 기여하는 일이라고 생각되었다. 그것이 어머니가 바라는 기쁨의 길이라고 판단되었다. 그래서 미미하지만 '이슬이 모여 바다를 이룬다(露積成海)'라는 믿음으로, 경제 활동이 없는 노년이지만 내 생활비 지출을 최대한 억제하며 꾸준히 모으고 있다. 부모 일가친척 없이 어렵고 외로운 고난의 생활환경을 극복하면서도 올곧은 성품으로 고군분투하며 정직, 성실하게 열심히 공부하려는 학생에게 삶과 배움의 의욕을 북돋아주고 싶은 마음이 어머니처럼 간절하다. 그래서 이 책을 출간하고 나면 여건이 준비되는 대로 어머니의 장손 모교인 서울대학교에 의뢰하여, 선발된 정직·성실하고 예의 바른 일정 학생에게 일정 금액으로 일정 기간 매달 정예당 장려금을 지원할 것이다. 이러한 학생이 성장하면 이 혼탁한 풍진세상을 바르고 밝게 만드는 빛과 소금의 역할을 하며 사회발전에 기여할 것으로 기대하기 때문이다.

거룩한 어머니 유산

막내의 죽음과
아버지 소식

　　어머니와 우리 삼형제는 외삼촌 덕분으로 성심모자원에서 그런대로 비교적 안정된 생활을 했다. 그러면서 나는 다른 미망인 자녀들과 함께 모자원에서 운영하는 OO 중학교에 다녔고, 동생은 용산구 OO동에 있는 OO 초등학교를 다녔다. 어린 막내 대신(大信)은 우리 삼형제 중 제일 영특하여 어머니 사랑을 많이 받았다. 그런데 1955년 여름 한밤중에 갑자기 의식불명이 되어 병원으로 급송됐지만, 끝내 깨어나지 못하고 영원히 잠들어 하늘나라로 갔다. 지금 생각하니 어린아이가 모기에 물려 급성뇌염이 전염된 것 같았으나, 그 시대는 의술이나 약품이 빈약하여 의사도 어쩔 수 없었는지, 발병한 지 하루도 못 버티고 홀연히 세상을 떠났다. 그러니 어머니는 소리 없이 우시며 애통해 하셨고, 우리도 마냥 흐느껴 울며 천륜의 정이 무엇인지 깨달았다.

　　막내동생이 머물던 자리에 막내가 없으니 세상이 그토록 적막하고 허전할 수 없었다. 한동안 우리 세 식구는 침울한 분위기에서 생활할 수밖에 없었다. 그러나 돈독하신 어머니의 신앙생활은 여전하시여, 때로는 7일 금식기도를 하시며 용산 제일교회를 빠짐없이 다니셨다. 우리 형제에게도 일요일이면 깨끗한 옷을 입혀 헌금을 챙겨주시며 그 교회 주일학교를 계속 다니게 하셨다. 그 시절 성탄절 새벽에 등불을 들고 가가호호 방문하며 그 집 앞에서 찬송가를 즐겁게 부른 일이며, 교회 무대에서 연극한 일, 성경구절 암송대회에 참가한 일 등, 어린 시절 주일학교 생활이 아름다운 추억으로 많이 남아 있다.

그런데 그해 늦여름 어느 일요일부터 어머니는 곱게 단장하시고 다니던 교회를 안 가시고 다른 곳으로 외출하시곤 하셨다. 매주 일요일 아버지를 만나고 오신 것을 후일에야 우리는 알게 되었다. 아버지를 만나고 오신 어머니의 얼굴 표정은 몹시 어둡고 말씀이 전혀 없으셨다. 하지만 근엄하신 어머니에게 감히 그 이유나 내용을 물어볼 수가 없었다. 우리 곁을 떠난 아버지는 그간 가출 시 동행한 송숙의(宋淑儀)라는 여인과 제주도에서 생활하시다가(통일교 고 이봉운 장로의 증언), 부산 범내골에서 문선명 선생을 만나 원리를 들으시고, 남자로서는 통일교에 첫 번째로 입교하셨다고 한다. 그리고 통일교가 서울 장충동으로 상경함에 따라 아버지도 같이 오셨다고 한다. 현존하는 기독교계에서 통일교를 사이비 종교라며 극도로 비난하는데도, 어머니는 아버지를 만나보신 후 통일교를 다니셨다. 그 후 어머니의 종파적인 문제였는지는 몰라도 1956년 우리 세 식구는 성심모자원을 떠나 용산구 신계동 25번지, 일본식 건물 2층 월세 다다미방으로 이사했다. 그리고 이곳이 후일 우리 집안의 본적지가 되었다.

호적 취득과
아버지

휴전 이후 어느 정도 사회가 안정되면서 무호적자를 대상으로 호적을 취득하도록 법령(179호)이 발표됨에 따라, 현재 우리가 살고 있는 용산구 신계동 25번지를 어머니가 우리 본적지로 신고(1958년 1월 13일)하여 호적을 취득하셨다. 어머니가 호적취득 신고를 하시면서 아버지의 요구대로 이름을 요한으로 개정(改定)하여 호주로 입적하셨고, 막내는 망자라 입적 안 하셨다. 내 나이도 학교생활 학년에 적합하도록 출생년도를 줄여서 1942년생으로 입적하셨다.

이곳에서도 외삼촌의 알선 덕분으로 어머니는 명동 YWCA에 취업하고 매일 그곳까지 도보로 출퇴근하시는 고달픈 생활을 하셨다. 가정 경제는 어려워도 어머니는 나를 OO 중고등학교에 편입시켜주셨다. 그러나 학비조달 문제로 도중에 주간 학부에서 야간 학부로 학적을 옮겨야 했다. 옮긴 후 나는 약병 마개 제조공장에 취업하여 주경야독의 생활을 해야 했다. 이때 나는 공장 생활을 하면서 기계조작 미숙으로 오른쪽 무릎을 다쳐 병원치료를 받았다. 검푸른 흉터가 지금도 선명하게 남아 있어서, 그 흉터를 볼 때마다 그 시절 그때가 생각나서, 현실에 만족하며 늘 감사한 마음으로 생활하고 있다.

아직도 6.25 한국동란과 기타 사유로 법적 보호나 복지 혜택을 받을 수 없는 무호적자가 3만여 명에 이른다고 한다. 만일 어머니가 그때 호적을 취득하지 않으셨다면, 우리 형제도 무호적자가 되었을지 모른다. 그렇게 생각할 수밖에 없는 이유는, 우리 가족의 본적지가 된 신계동뿐 아니라 우리가 어디서 살든 아버지는 한 번도 오시지 않았고, 우리가 어떻게 생활하는지 전혀 관심조차 없어 묻지도 않았으며, 청파동 통일교에서 만나도 일절 외면하시고, 도리어 우리 형제의 접근을 경계하며 멀리하시려는 느낌을 강하게 받았기 때문이다.

생존해 계시는 아버지의 무관심과 무책임으로 인해 우리의 생활은 더 어려움에 처하게 되었다. 그러다 보니 나는 아버지를 가장으로서 책임과 역할을 전혀 하지 않는 기이한 분이라고 생각했다. 막내가 갑자기 사망한 일에 대해서도 아버지는 가족에 대한 책임감이나 미안함이 전혀 없이, 어머니가 믿음(신앙심)이 없어서 사망한 것이라고 말씀하셨다. 그러니 아버지에게 무엇 하나 기대할 수 있었겠는가?! 가족을 부양하고 보호해야 할 책임과 역할이 가장인 아버지에게 있다는 것은 삼척동자도 다 아는 사실이다. 그런데 한국동란 후 처자식을 방치한 아버지는 조금도 양심의 가책이나 미안한 마음조차 없는 후안무치(厚顔無恥)한 괴이한 분이시다.

그렇게 무책임한 분이니 재혼 후 동사무소 가족 기록에도 내 이름을 등록하지 않아, 나는 군 생활 중에 비문 취급 인가나 장교임관 시험, 여러 주요직 등 나에 대한 신원조회 때마다 주소지 불명으로 어려움을 겪어야 했다. 그때마다 휴가를 얻어 직접 관계기관을 찾아가 내 집안 사정을 세세히 설명하고 해결해야 하던 괴롭고 서글픈 시절도 있었다. 그 당시 담당관이 내 처지를 알고 동정어린 표정으로 용기 잃지 말고 힘내라는 위로의 말을 해주었는데, 참으로 고마웠다.

　뿐만 아니다. 1965년 봄 어머니가 쓰러지셔서 아버지를 찾아가 도움을 간청했을 때도, 우리 형제의 십자가이니 너희가 해결하라고 매정하게 외면하신 분이다. 그 시절을 돌이켜 생각하니, 야멸친 아버지의 모든 행위가 우리를 버리고 새 장가를 가기 위해 계산된 전략이었고, 재혼 후에도 우리 형제를 귀찮게 여겨 박대하신 것이라고 생각된다. 그런데 아버지는 어머니가 취득하신 우리 호적에 뿌리를 두고 딴 가정을 이루어 편안히 장수하고 계시니, 우리의 삶이 얼마나 불공평하고 모순되고 기이한지 나는 알 수가 없다.

통일교 입교와
교회 생활

        감언(甘言)에 능하신 아버지의 요구대로
어머니는 1955년 10월 15일 통일교에 178번째로 입교하셨고, 나는
그 이듬해 3월 30일 294번째로 입교했다. 당시 통일교 본부는 서
울 용산구 청파동 1가 71-3번지에 위치한 일본식 2층 기와 목조건
물이었다. 건물 입구 벽에는 백색 바탕에 흑색 글씨로 '세계기독교
통일신령협회'와 '서울교회'라는 두 간판이 상하로 나란히 걸려 있
었다. 내가 다니던 용산 제일교회와는 완연히 다른 교회 모습과
분위기였다. 예배드리는 절차와 내용 또한 판이하게 달라 이상하
면서도 새롭게 느껴졌다.

  주일 낮예배는 문선명 선생이 직접 인도했다. 찬송가와 통일교에
서 제작한 성가를 혼신을 다하여 교인 모두가 함께 부르고, 문선
명 선생 또한 땀에 흠뻑 젖어 애타게 울부짖는 설교와 기도를 했
다. 그 설교와 기도는 교인들을 감화, 감동케 했다.

  매주일 낮 통일교 본부 예배시간은 은혜롭고 열기에 찬 분위기
로 교인들이 늘 대만원이었다. 실내 예배 장소가 비좁아 실외 마당

거룩한 어머니 유산

에 서서 예배드리는 사람도 많았는데, 대다수가 젊은 청년들과 대학생들이었다. 그 당시 사이비 종교 통일교에 다닌다는 이유로 집단 퇴학·퇴출된 서울 명문대학교 학생들과 교수들도 있었다.

그 시기 통일교에서는 매년 방학 기간 동안 학생들을 전국 각지로 파견하여 농촌계몽과 전도활동을 병행, 실시했다. 나는 통일교 교리도 전혀 모르면서 중 3때 처음 고 김봉철(협회 총무국장 역임) 씨를 따라 1957년 7월 20일부터 40일 동안 협회가 지정한 경상북도 영덕군으로 나갔다(성화사 발간 증언 2집 72쪽 참조). 서울에서만 생활하면서 성장한 나는 이때 우리나라 농촌의 비참한 생활 실상을 생전 처음 목격하고 엄청 놀랐다. 당시 농촌 사람들의 생활 모습은 허기와 헐벗음으로 비참했다. 특히 학교에 가야 할 어린이가 학교에는 못 가고 농사일을 도우면서도, 거의 맨발에 벌거숭이였다. 밥은 꽁보리밥 아니면 감자로 해결하는데, 그것도 조석으로 두 끼뿐이다. 무더운 여름철 어린이들은 놀지도 못하고, 소 먹일 풀을 뜯거나 농사일을 도우며 야외에서 생활했다. 그러니 뜨거운 뙤약볕에 맨살이 그을려 흑인처럼 검었고, 배는 영양실조로 올챙이배처럼 불룩했다. 이들 농촌 어린이들은 내가 한국동란 중에 미군을 처음 볼 때처럼, 여름 학생복 차림의 나를 신기하게 보면서 따라다니기도 했다.

고교시절 3학년 때는 학기말 시험도 포기하고 하계 농촌계몽과 전도 활동(1960년 7월 20일-8월 30일)에 참가하여, 통일교 동료인 홍성일 군과 전남 영광군 법성면으로 갔다. 계몽 활동 기간에는 협회 지침대로 농민 급식과 동일하게 하루 두 끼 꽁보리밥으로만 해결하면서, 낮에는 농민들 전담 김 메기나 마을 일을 돕고, 오후에는 독바우 제각이라는 곳에서 마을 청소년을 모아 홍성일 군과 교대하면서 교제에 의한 일반 상식과 학업을 병행하며 통일교 교리를 알려주었다. 당시 열성적인 참석자였던 유춘근, 유성근, 이현주, 양수길, 김광미, 이도선, 김충섭, 문동엽 등의 성명이 기록된 생활기록 노트와 기념사진은 많은 세월이 흘러 변질, 훼손되었다. 그러나 지금도 소중하게 간직하고 있다.

통일교 생활을 돌이켜보면, 참사랑을 외치며 참사랑을 중심으로 하고, 참 가정과 절대 신앙으로 지상 천국과 천상 천국을 창건하라는 교주의 가르침과 교리는 참으로 훌륭한 이상향(理想鄕)이었다. 그렇지만 교주의 가정은 가족 간의 재산 다툼으로 소송분쟁 중이고, 목회자나 교인 중 그 누구도 실현한 실체가 없어, 허구에 지나지 않았기에 대단히 아쉽고 안타깝다. 그러나 각 지방 농촌계몽 활동을 통하여 온갖 형태의 고난과 역경을 견디며 열성적으로 활동한 여러 경험들은 값지고 고귀한 정신적 자산과 극기(克己)의 노하우로 나에게 잠재하고 있어 때때로 발현되고 있다. 그 시대 그때를 생각하면 오늘의 현실이 얼마나 풍요롭고 살기 좋은 편리한 세상인가?!

소수의 현명한 강자는 자신이 처한 불우한 환경도 목적 달성의 한 단계로 알고 견디며 극복하지만, 대다수 젊은 현세대는 참담했던 과거 우리나라 실상을 알려고도 하지 않고, 어리석게 주변 환경과 여건을 탓하고 불평불만이 많다. "찬란한 현재보다 다가올 희망 속에 꾸준히 올곧게 열심히 살아가는 오늘이 더욱 찬란한 것"

이라고 주경야독의 야간고교 시절 우리에게 격려하며 강조하신 담임선생님 말씀의 뜻을 현세 젊은이들도 깨닫고 생활하면 좋겠다.

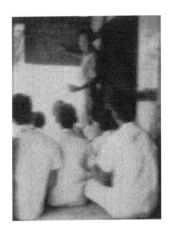

하계 농촌계몽 활동과 적극 참여한 청소년들

어머니도
농촌계몽 전도활동

통일교의 전국 농촌계몽과 개척 전도 활동은 입교한 남녀 학생으로 편성되었다. 여기에 어머니도 함께 참가시켰다. 그래서 어머니는 YWCA 직장을 그만두시고 1960년 7월 20일부터 경기도 용인군 모현면 일산리로 지명 받아, 농촌계몽과 전도 활동을 하셨다. 어머니는 그럴듯한 아버지의 감언에 속아, 당신 아들도 모르게 협의이혼을 하시고 호적까지 이미 정리(1960년 2월 11일)하신 후에 활동하셨다.

그럴듯한 아버지의 감언이란, 통일교에 입교한 기혼 부부는 법적으로 이혼하고 각자 하늘 앞에 합당한 조건을 세워야 다시 결합(혼인)할 수 있다는 것이었다. 그 기만책(欺瞞策)에 어머니는 조금도 의심하지 않으시고 순순히 이혼서류에 날인한 후 호적까지 정리하셨다. 그리고는 그 합당한 조건을 세우시려고 직장도 그만두시고, 협회 본부의 지시대로 객지에 나가 개척전도 활동을 하시게 된 것이다.

나는 이러한 내용을 통일교 36가정 합동결혼식(1961년 5월 15일)이 결정된 이후에 어머니와 가장 가까운 여성 교인으로부터 들게 되었다. 그제야 나는 어머니가 우리 형제에게 협의이혼과 호적정리 사실을 알려주시지 않았음을 알게 되었다. 그래서 어머니는 통일교에서 시행하는 합동결혼식에 동참하시려고 낯설고 물설은 객지에서 온갖 고초를 겪으시며, 비참한 생활고에도 굴하지 않으시고 연약한 여성의 몸으로 교회를 세우시려고 악전고투의 개척전도 활동을 하셨던 것이다. 나는 그것을 알고 몹시 분통하고 억울했지만, 어찌할 수가 없었다.

교회 건립 일지

연도	월 일	활동 내용
1960	7. 20-8. 30	하계 40일 전도활동 종료 후 귀가
1960	9. 10	남편의 감언과 강요로 재차 전도지 도착, 전도 활동 한 달간 산에서 예배드림
1960	10. 12	오늘부터 이현영 집에서 예배드림
1960	11. 6	오늘부터 내 방에서 예배드림
1961	1. 19-3. 20	교회건축용 자재 수집 활동 및 자재 획득 *목재·돌·진흙·짚 기타 등등 수집
1961	3. 21-3. 24	벽돌 제작기 임대 및 수리(500환), 벽돌 제작기 반환
1961	3. 22-4. 20	흙벽돌 제작 건조 및 벽체 건립 건축비 모금: 9.500환
1961	4. 21-4. 25	문짝 문틀 제작 및 부착 *동년 4월 26일 문선명 선생 호출 전보 접수: 상경 면담 면담 결과: 이요한과 재결합 불가. 이유: 이요한 재결합 반대 *동년 5월 15일 통일교회 합동결혼식(이요한 포함) *통일교 36가정 합동결혼식은 최초의 행사지만 다음 날 새벽 5.16 군사혁명으로 세상에 알려지지 못함
1961	5. 21-5. 31	지붕(짚) 설치 마무리 작업 * 교회건립 완공
1961	5.31 수요일	입주 및 기념 예배

거룩한 어머니 유산

교회건축 참가자 명단

성명	입교일	생년월일
蔡塋浩	1960. 8. 10	1943. 5. 22
林聖均	1960. 8. 10	1942. 4. 11
蔡塋泰	1960. 8. 10	1943. 4. 25
金在煥	1960. 8. 10	1942. 9. 18
吳義煥	1960. 8. 10	1943. 12. 19
林壽榮	1960. 8. 10	1943. 5. 15
洪基宗 林容氣 吳盛和 鄭熙明 李賢榮 김의환 황문부 ○태량 ○문길 ○광영 외		

어머니는 하늘같이 믿었던 남편(당시 45세)이 당신 아닌 젊은 처녀(당시 23세)와 재혼했는데도, 자식 앞에서는 일체 내색도 않으셨다. 내심이야 이루 말할 수 없는 울분과 억울함에 비분강개(悲憤慷慨)하셨겠지만, 비참한 생활고에 시달리면서도, 오로지 당신의 올곧은 천성과 투철한 사명감으로 객지에서 교회건립을 위해 온갖 정성과 노력으로 막중한 책임을 완수하셨다. 누가 이것을 허약한 여인의 몸으로 할 수 있는 일이라고 믿겠는가?! 하늘과 땅 모두가 슬피 울며 탄식하도다. 오호애재(嗚呼哀哉)라!

애절한
어머니의 일기

　　뼈아프게 쓰라린 마음의 상처와 고통
으로 남모르게 눈물 흘리며 활로(活路)를 찾는 곤고한 사람은 스
스로 올곧은 정신을 견지하고, 자기 자신을 엄격히 다스리며 닥
치는 어떠한 풍파도 참고 이겨내면서 굳세고 당당하게 생활하게
된다. 이것은 오랜 인간사(人間事)에서 증명된 사실이다. 비참한 생
활고와 온갖 모진 역경 속에서도 날마다 일기장에 독백하신 어
머니의 애절한 기록들은 바로 이를 입증하고 있다.

　어머니의 일기는 당신의 공허한 마음을 스스로 위로하시고 자
연의 순리와 질서에 따라 평정심을 찾으시려고 무던히 애쓰시며,
버겁게 고독한 생활을 하시면서도 마음의 안정과 평화를 갈망하
신 가슴 아픈 애절한 기록(1960년 9월 10일-1964년 11월 24일)들이다.
날마다 노트에 기록하는 일기는 고독한 인간이 자신의 평안과
안정을 갈망하는 독백이요, 내 영혼의 평화와 위안을 위해 신에
게 간절히 간구하며 사무치게 드리는 일종의 뼈저린 기도라고도
한다. 얼마나 고독하셨으면 온갖 역경 속에서도 날마다 일기를

쓰시며 스스로 위로하시고 위안받으려 애쓰셨는지… 발견한 대학노트 4권에 깨알같이 쓰신 펜글씨 기록은 구구절절이 눈물 나는 애절한 사연들이다.

아들도 모르게 오랜 기간 묵혀 있던 누렇게 변질된 어머니의 일기 노트를 송구스럽게도 노년(老年)에 발견하고 보니, 많은 부분이 훼손되어 있었다. 그러나 볼 수 있는 기록만 꼼꼼히 되풀이해 보면서, 나는 미어지는 가슴에 흐르는 눈물을 닦고 닦으며, 그 내용을 중점만 요약 발췌하여 여기에 수록했다.

병약한 여인의 몸으로 애면글면 악전고투하시며, 목표하신 일은 기필코 이루어내신 어머니의 올곧은 가치관과 생활 모습에 이 불초소자는 머리 숙여 받들어 추모하며 애모(哀慕)하는 마음이 더욱 공고해진다. 지금 생각해보면 어머니를 아버지가 그대로 두셨다면 변고(變故) 없이 생존하셨을 것이다. 그런데 아버지는 자신의 평판과 편익만을 위해 무모하고 매정하게 본인도 못 하신 교회건립을 어머니에게 강권하신 것이다. 울분이 치솟는다.

사랑하는 내 자손들아!

너희들은 어머니의 올곧은 가치관과 생활관을 반드시 계승하여 받들고, 조상으로 섬겨 추모하며, 가문을 번성시키고 인류공영에 충실히 이바지하기를 간절히 바란다.

어머니가 1960년 하계 40일 농촌계몽 전도 활동을 마치시고 귀가하셨다가 다시 임지로 가시면서 쓰신 글부터 옮겼다.

가겠소

가겠소 가겠소 日山里 外開日로 가겠소
자식을 뒤에 두고 하나님 뜻 전파하러 가오
하나님 뜻을 펴려고 나가는 이 여인에게
슬기로운 지혜와 담대한 용기를 주옵소서

가겠소 가겠소 일산리 외개일로 가겠소
사랑하는 자식 뒤에 두고 나 홀로 가오
하나님 통일원리 전파하러 힘차게 가오
눈물 없이 못 가는 길 피땀 없이 못 가는 길

일산리 외개일 청년들아 통일원리 들어보게
말씀 듣고 하늘 뜻 본받아 힘차게 일어나
온 세상에 하나님 통일원리 전파하여
이 세상 참 평화와 행복으로 이뤄보세

(1960년 9월 10일)

재차 통일교 본부 지정대로 농촌 지역으로 가시면서 남기신 '가겠소'라는 이 글 한 편이 강압에 의한 여러 가지 의미를 담고 있음을 나는 알 수가 있다.

거룩한 어머니 유산

/

일기 내용 중점 요약

/

오늘은 양력 정월 초하루 일요일이다. 태량이 방에서 예배를 보며 내가 기도를 하는 중에 홍기종(洪基宗)이가 흐느껴 우는 소리가 들렸다. 이 지역 청년들이 하나님 심정을 깨달아 통일가의 참용사가 되기를 마음속으로 간절히 바라며 기도드렸다. 오늘 예배는 참으로 은혜가 많았다. (1961년 1월 1일)

통일교 본부에서 준비해준 계몽 포스터를 일산리와 매산리 지역에 부착하고 집으로 돌아올 때 왠지 나도 모르게 마음이 가벼워지며 힘이 솟아 기분이 매우 상쾌했다. 저녁에 홍기종(洪基宗)이와 오성화(吳盛和)를 대동하고 광주 매산리 동리(廣州 梅山里 洞里)에 가서 학생들을 모아 계몽에 관하여 의논한 결과 모두 찬성했다. 두 청년과 함께 길을 걸으며 귀가하면서 이 두 청년이 참다운 통일 용사가 되기를 기원했다. (1961년 1월 2일)

포곡(蒲谷)교회를 가려는데 뜻밖에 홍기종, 오성화, 채영호, 채영태, 김재환, 오의환, 정희명, 임수영, 임성균, O광오 등 10명 청년들이 모여 함께 갔다. 예배를 드리면서 이 청년들이 통일 용사가 되기를 나는 하나님에게 간절히 간구하며 기도드렸다. (1961년 1월 3일)

이 추운 엄동설한에 통일교 학생들이 전국에 배치되어 계몽 활동으로 수고하고 있다는 것을 생각할 때, 나는 하늘 앞에 면목이 없어 방에다 불을 때고 편안히 잠을 잘 수가 없었다. 그래서 제일 추운 날이라고 생각되는 어제부터 방에 불을 때지 않고 잠을 청한다. (1961년 1월 5일)

경기도 광주군 왕벌리 초등학교에 찾아갔다. 교장선생님은 부재중이시라 교감선생님을 만나 농촌계몽 활동에 대하여 말씀드리고 칠판을 청구하니, 흔쾌히 승낙하시며 분필까지 주셨다. 대동한 청년 3명과 함께 칠판과 분필을 가지고 와 즉시 학업을 시작했다. (1961년 1월 7일)

수요예배가 끝나고 청년들이 내 의견에 따라 교회건축에 대하여 의논하는 모습을 볼 때 나는 하늘 앞에 감사하면서, 이 청년들이 성전을 건축하겠다는 마음이 변치 말고 끝까지 가기를 하나님에게 간절히 기도했다. (1961년 1월 18일)

식량이 부족하여 죽으로 아침을 준비하는데 성균, 영호, 수영, 영태가 왔기에 아침을 먹지 못하고, 그들이 돌아간 뒤에야 아침 겸 점심으로 다 퍼진 죽을 먹었다. 그들이 내가 죽을 먹는 모습을 보면 마음이 아파할 것이기에 그런 모습을 보이지 않으려고 한 것이다.

문선명 선생님께서 수원교회로 계몽대원들을 격려하시려고 오신다는 전갈(傳喝)을 오후에 받았으나, 여비가 없으니 퍽 고민스러웠다. 그러나 걸어서라도 가겠다고 마음먹었다. (1961년 1월 24일)

어제 밤 포곡(蒲谷)까지 걸어서 계몽대원 남궁선주(南宮善珠)에게 갔더니, 선주가 밤잠에서 놀라며 일어나 나를 반겨주었다. 같이 잠을 자고 오늘 아침 7시에 영호, 남궁선주와 함께 용인까지 걸어갔고, 용인에서는 차를 타고 수원에 도착하니 오전 10시가 되었는데, 잠시 후 문선명 선생님이 오셔서 격려의 말씀을 하셨다. 말씀의 요지는 "하늘 심정으로 분투노력하는 통일 용사가 되라"는 격려 말씀이셨다(계몽대원 150여 명 참석). 기차로 용인까지 오고, 그 후 걸어서 왔다. (1961년 1월 26일)

모현면 면장을 찾아가 교회건축을 위해 토지사용 허가를 간곡히 요청했으나 허락하지 않아 허전한 마음으로 돌아왔다. 오늘 밤도 방에 불을 때지 않고 잠을 청한다. (1961년 1월 30일)

청년들이 교회건축을 위한 자재와 초 한 가락, 땔나무 한 짐을 지고 왔다. 수고한 청년들에게 국수를 준비하여 저녁으로 대접했다. 오늘은 방에 불을 때고 잠든다. (1961년 2월 1일)

계몽활동 보고서를 협회 본부로 발송하려고 가던 차에 모현면 면장을 길에서 만났다. 교회건축을 위한 토지사용 허가를 다시 요청했으나, 차일피일 미루며 허락을 안 해주니 답답하기만 하다.

하늘 앞에 송구스러운 마음이 들어 저녁도 먹지 않고 방에 불도 안 때고 잠자리에 든다. (1961년 2월 6일)

문선명 선생님을 뵙기 위해 여비를 마련하려고 광주(廣州) 시장으로 담요를 들고 나갔으나 팔지 못하고, 돌아오면서 많은 생각에 잠겨 고민했다. 가기는 가야겠는데 여비가 없으니, 나는 참으로 하늘 앞에 부족한 사람이라 송구스러운 마음이 든다. (1961년 2월 8일)

2월 12일부터 3일 동안 아무도 모르게 금식하며 하늘 앞에 기도하며 생활했는데 오늘은 왠지 몹시 외롭고 서글픈 마음이 드는지 모르겠다. 서울 갈 여비가 없어서 그런가? 먹을 식량이 없어서 그런가? 아니다! 마음 놓고 예배드릴 장소도 없고 마음 놓고 내 심중을 토로할 상대가 없으니 그렇다. (1961년 2월 16일)

오늘은 문선명 선생님이 이 땅에 오신 지 41회가 되는 탄신일(음력 1920년 1월 4일)이다. 어제 수원을 거쳐 안양교회까지 대원들과 함께 걸어서 무사히 도착했다. 그러나 270리 길도 걸어서 왔다는 다른 지역 대원들도 있으니, 우리는 거기에 비하면 아무것도 아니다.

문선명 선생님은 오전 10시 30분에 도착하시어 무려 7시간 동안이나 하나님의 안타까운 심정을 눈물로 호소하시며 애타게 말씀하셨다. 자녀 찾아 축복하시기를 애타게 애쓰시는 선생님 심정을 나는 얼마나 알아들었을까?! 하늘 앞에 떳떳한 딸이 되겠다고 굳게 다짐한다. (1961년 2월 18일)

오늘 큰아들 대위가 보낸 편지를 받았다. 편지를 보기 전에는 매우 걱정스러운 마음이 들었으나, 내용을 읽어보니 어려운 생활을 하면서도 오히려 나를 걱정하며 위로하는 아들의 글을 대하니, 나는 나도 모르게 한없이 눈물을 흘렸다. 쓰리고 아픈 마음 한없이 우는 내 마음을 누가 알겠는가?!

대위와 대영이 두 아들을 생각하면 눈물뿐이다. 하지만 나는 기필코 여기에다 교회를 세워야 한다. (1961년 2월 20일)

점심을 한술 뜨고 산을 오르는데 몸이 피곤하고 몹시 힘들었다. 나무를 머리에 이고 내려올 때 머리가 몹시 아파 쉬는데, 가시관을 쓰시고 십자가에 달리신 예수님 모습이 떠올라 참고 견디며 내려왔다. (1961년 2월 23일)

면사무소로 가는 중에 명신 어머니가 나를 보고 부른다. 방으로 안내하여 들어가니 떡과 콩엿 그리고 떡국으로 나를 대접하며 격려하니 고맙게 잘 먹었다. 고마운 마음에 그냥 올 수가 없어서 마당에서 그 집 고추를 다듬고 있는데, 때마침 면장이 지나가면서 나를 보고 그 땅을 사용해도 된다고 한다.

오! 하나님 아버지 대단히 감사합니다. 기쁜 마음으로 돌아와 저녁 예배를 드린 후, 참석한 청년들과 벽돌 제작에 관하여 의논

했다. (1961년 2월 26일)

간밤에 꿈을 꾸었다. 두 아들이 흰 옷을 입고 나타나 "어머니 우리는 굶어 죽어도 좋냐?"고 하면서 행상하는 모습으로 나타나 나를 괴롭히니, 이에 최원복 선생이 나타나 계몽전도 생활 그만하고 자식들을 돌보라고 말씀하셨지만, 나는 여기서 교회를 건축해놓아야 한다며 거절하는 꿈을 꾸었다. 무슨 꿈일까? 자식들이 걱정되지만 가볼 수가 없다. (1961년 3월 1일)

성균이와 같이 오포면(五浦面) 소장에게 가서 벽돌 제작기를 빌려 달라고 요청했으나 안 된다고 거절만 당하다가, 물러서지 않고 계속 사정을 설명하고 간청하니 수요일에 와보라는 답변을 듣고 돌아왔다. 오후엔 청년 6명(성균, 영호, 영태, 수영, 의환, 재환)이 높은 산으로 올라가 교회건축용 재목을 수집, 획득하여 힘들게 등에 지고 내려왔다. 하나님! 이 청년들 굽어보시고 참용사 되게 하소서. (1961년 3월 4일)

식량부족으로 아침은 여러 날을 거르고 있다. 오늘은 아침 8시에 집을 나서 삼 십리 길을 걸어 오포면으로 가서 집집마다 방문하여 식량을 얻으러 다녔다. 앞으로 교회를 지으려면 무엇보다 식량을 준비해두어야 한다.
말없이 식량을 주는 사람은 몇 안 되고, 거의 한마디씩 했다. 젊은 여자가 시집이나 가지 왜 이러고 다니느냐는 등 여러 속된 말을 들었으나, 하나도 부끄럽지 않고 떳떳하며 마음이 편안하다. 외개일(外開日) 교회를 세우는 일인데 무슨 일인들 못 하랴! 해는 서산에 지고 어두워진 밤길을 홀로 걸으며 "부름 받은 몸" 성가를 즐겁고 힘차게 부르며 집으로 돌아왔다. 방은 연일 불을 때지 못해 싸늘하다. (1961년 3월 9일)

그동안 수차(7회) 오포면 소장 박 씨를 만나 애걸복걸하며 간청한 결과 드디어 벽돌 제작기를 빌려왔다. 고장난 기계라 광주(廣州)에서 500환을 주고 수리하여 등에도 지고 머리에 이기도 하며, 무척 힘들게 여러 번 쉬면서 벽돌 제작기를 가져왔다. 한 달 동안 쓰지 않고 아끼던 돈 500환을 모두 벽돌 제작기 수리비로 사용했는데도 즐겁고 기분이 좋다. 나는 횃불을 들고, 청년들은 진흙을 모으고 자재를 구해오는 등 적극적으로 열심히 일들을 했다.

이 청년들 하늘을 대하는 심정이 영원토록 변치 말고 통일가의 참 용사가 되기를 하나님께 간절히 기도드렸다. (1961년 3월 21일)

연일 청년들과 함께 밤낮없이 흙벽돌을 찍어 만들었다. 온몸이 아프지 않은 곳이 없어 파김치가 되도록 모두가 열심히 했기에 약속한 대로 오늘 벽돌 제작기를 돌려줄 수가 있었다. 밤일을 하면서도 야참을 청년들에게 제공하지 못했으니, 미안한 마음 이루 말할 수가 없다. 대단히 감사하고 있다. (1961년 3월 24일)

교회건축비 마련을 위해 70리 길을 걷기도 하고 버스와 전차를 타면서 지난 3월 29일 밤 서울에 갔었다. 서울에 머물면서 모금한 4,500환과 내 옷을 시장에 가서 팔아 5,000환을 마련하여 도합 9,500환을 가지고 왔다.

서울 간 김에 여러 문제들을 이요한 목사에게 의논하려고 했으나 싫어할 것이라고 판단되어, 새벽 3시 반에 일어나 서울에서 7시 20분에 출발하여 이곳으로 왔다. 전도지에 도착하여 짐을 내려놓고 쌓여 있는 흙벽돌을 널고 있자니, 벽돌들이 빨리 교회를 건축하라는 것 같았다. (1961년 4월 2일)

교회 터 닦기, 돌 운반, 벽돌 쌓기, 목재 구입, 문틀·문짝 제작 등 교회건축 일을 계속하시면서 이 집 저 집에서 요청이 오면 보리밭, 밀밭, 감자, 수박, 참외 심기 등 여러 가지 농사일도 도와주시고, 때로는 마을 어른들 저고리, 두루마기 등 한복도 만들어주시면서 생활하셨다. 농사일이 얼마나 고되고 힘든 일인지 예전엔 미처 모르셨다고 기록되어 있고, 높은 산에 올라 땔나무도 수거하시고 아침식사는 거의 못 하시면서 연일 고달픈 생활을 하셨다. (1961년 4월 3일-4. 25일)

임수영(林壽塋)이가 전해준 전보를 읽어보니 받아보는 즉시 서울 협회 본부로 상경하라는 내용이었다. 지체 없이 상경하여 청파동 협회 본부로 갔다.

문선명 선생님께서 2층으로 가자고 하여 따라 올라갔다. 문 선생님께서 이요한 목사에 대하여 묻기에, 당연히 이요한 목사와 축복(재결합)받기를 원한다고 말씀드렸다. 그러나 문 선생님께서는 이요한 목사는 대위 어머니와 축복(재결합)받기 싫다고 하니 축복해줄 수 없다고 쌀쌀하게 호령이시다.

어찌나 여러 말씀을 하시면서 호령하시는지, 멍멍하니 정신이 흐려져 아무 말도 못 하고 그냥 내려왔다. (1961년 4월 26일)

경구(警句): "거짓 선지자를 삼가라 양의 옷을 입고 너희에게 나아오나 속에는 노략질하는 이리라. (마태7/15)"

이요한 목사를 만나 물어보니 이전부터 내가 마음에 없었고 지금도 싫다면서, 유효원 협회장을 만나서 얘기하라며 나를 피한다. 감언이설로 나를 속인 배신감에 울분이 복받쳐 터지려는 것을 참고 또 참았다. (1961년 4월 27일)

본부 교회에서 예배드리는 중에도 일산리 교회건축이 어떻게 진행되어 가는지 몹시 궁금하다. 이요한 목사와 내 문제로 교인들이 수군수군하고 있으나, 그 문제는 문선명 선생님에게 맡기고 나는 흔들림 없이 중심을 잡고 나가겠다고 다짐하고 또 다짐한다. 지승도 어머님이 이요한 목사를 설득하며 언성을 높여 말씀하시지만, 이요한 목사는 새 장가에 미쳐 수긍하지 않는다. 내가 못난 탓이라고 자책도 하지만 평안치 못하다. (1961년 4월 30일)

고뇌에 찬 어머니의 기도문

하나님 아버지!

이 여인을 불쌍히 보시고 지혜와 용기를 주소서

저는 하나님 앞에 효녀가 되기를 원합니다.

끝까지 하나님 뜻을 위해 살게 하소서

하나님께 영광 돌리는 효녀가 되기를 원합니다.

선지선열들의 정신을 이어받아 즐거우나 괴로우나

하나님 뜻만을 위해 살아가게 하소서! 아멘

(1961년 5월 어느 날)

(위의 기도문 작성 후 한동안 기록이 없음은 무엇을 의미하겠는가?!)

참고 견디다 보면 좋은 날도 올 것이라고 기대하면서도 이요한
에게 배신당한 일을 생각하면, 내 마음은 글로는 표현할 수 없는
고통스러움에 고뇌하며 번민하고 또 번민을 거듭한다. 생전의 많
은 시련들은 나를 단련시켜왔으나, 이요한의 배신은 "내가 죽어
야 하나 살아야 하나?" 하는 생각으로 갈등도 많았다. 하늘 뜻인
지 아닌지, 이요한 뜻인지 아닌지도 분별도 못 하고 "죽고자 하는
자는 살고 살고자 하는 자는 죽는다"는 예수님의 말씀이 기억되
어, 면담 당시 순종하는 마음으로 문선명 선생님이 바라시는 대로
하시라고 했더니, 어찌나 쌀쌀하게 호령하시는지 어리벙벙했다.

거룩한 어머니 유산

하늘의 뜻이라면 모든 교인들이 기뻐해야 하는데, 다 잘못된 처사라고들 하니 나도 알 도리가 없다. (1961년 7월 20일)

오늘 모현면 면장이 나를 보자고 하여 면사무소에 갔더니 면장 왈, 아무 이유도 없이 교회를 철거하고 딴 곳에다 지으라고 한다. 눈앞이 캄캄하고 눈물이 앞을 가려 아무것도 보이질 않았다.

왜? 나에겐 이렇게 고통스러운 시련들이 많은가?! 어찌 할 바를 모르고 주저하다가 내 손으로는 절대로 철거 못 한다고 완강히 거부하고, 자리에서 일어나 집으로 돌아왔다. 돌아와 모여 있는 청년들에게 얘기하고, 교회 발전을 위해 정성들여 하늘 앞에 기도드릴 것을 당부했다. (1961년 7월 25일)

오늘 포곡으로 가 그곳 계몽대원 남궁선주를 보려고 갔으나 만나지 못하고 돌아와보니 큰아들의 편지가 와 있었다. 경남 함양군 백전면에서 하계 40일 농촌계몽 활동을 하는 큰아들 편지가 나를 기쁘게 했다.

그 지방 면장과 어른들이 저녁식사를 초대하여 갔는데, 그 자리에 동석한 할아버지께서 내 아들을 보고 나라 밥을 먹을 관상이라고 하면서, 학생 같은데 벌써부터 국회의원 되려고 이렇게 고생하느냐고 묻기에 아니라고 말했단다. 아버지가 젊은 여자와 재혼을 했어도 예나 다름없이 농촌계몽 활동을 하다니, 더욱 대견하고 사랑스럽다. (1961년 7월 31일)

아침식사도 거르고 가가호호 방문하여 전도지를 돌리고 귀가했다. 저녁 집회에 예상과 달리 30명이나 모였다. 이들을 상대로 강의를 했는데, 나도 모르게 힘이 솟아올라 신나게 강의를 했다. 생각지도 못 한 내용들이 막힘없이 술술 자연스럽게 진행되었다. 내 실력 이상으로 신바람 나게 강의한 것은 하나님 은혜로다. 성령이 나에게 임하도록 하시어 지혜로움과 힘이 발휘되었다고 생각한다. 하나님 아버지에게 무한히 감사함을 올렸다.

강의가 끝나고 한 고등학생이 서울 협회 본부가 어디에 있느냐고 묻기에 약도를 그려가며 자세히 잘 알려주었다. (1961년 8월 7일)

오늘은 일요일이다. 주일예배를 인도하면서 생각하기를, 내가 이 지역으로 나와 그동안 예배를 주도할 지도자 한 사람도 온전하게 세우지 못했으니, 하늘 앞에 대단히 송구스럽고 면목이 없다. 아버지 하나님! 이 지역 주민들 계몽을 위한 훌륭한 지도자를 보내주소서. 아멘. (1961년 9월 3일)

몹시 피곤하고 몸이 아프지만 억지로 일어나 홍기종 집에서 부탁한 바느질을 하면서 만감이 교차되어 번민했다. 올 가을 서울로 갈까? 아니면 아무도 모르게 숨어 살까? 이런저런 생각으로 몹시 괴롭고 고통스럽다.

이요한의 배신 때문에 종일 마음이 편치 못했으나, 이 자리에서 후퇴하지 말고 계속 앞으로 나가자고 다시 다짐했다. (1961년 9월 5일)

오늘 영호 할아버지 장례식이 있었다. 내가 죽지 않고 이렇게 살아가는 것은 하나님 권능과 은혜로다. 그러나 더 이상 교인들을 이끌고 나가기가 매우 힘들고 걱정이 많아 밤에는 잠도 제대로 자지 못하고 있다.

교인은 늘지 않아 더 이상 주일예배를 인도할 의욕도 약해지고, 그냥 땅속으로 묻혀버렸으면 하는 생각도 들지만, 흔들림 없이 앞으로 나가자고 다짐한다. 이요한에게 버림받았어도 계몽전도 활동이 잘된다면 신나고 좋으련만, 생각대로 되지 않으니 마음의 시련이 크다. (1961년 9월 7일)

어제 일산리를 떠나 포곡(浦谷)교회에서 남궁선주와 같이 수원교회를 거처 평택교회에 도착하니 새벽 2시쯤 되었다. 평택교회에서 문선명 선생님과 최원복 선생을 뵙게 되니, 나도 모르게 눈물이 흘러 그 모습을 보이지 않으려고 애써 감추었다. 수양회 교육이 끝나고 서울교회 소속 오수웅에게 내 큰아들 소식을 묻는데, 옆에 있던 같은 소속 전황이가 말하기를, 대위는 자원하여 군대 간다고 한다. 이번 하계 40일 계몽전도 활동 후 귀경하면서 대구 아버지에게 들렀는데, 많이 상심한 모양이라고 한다. 그 소식을 듣고 얼마나 마음이 고통스러운지 하염없이 눈물만 흘렸다.

이진태(李眞泰) 지구장에게 말하니 빨리 대위를 만나보라지만, 오늘은 너무 늦어 갈 수가 없어 잠을 청하나 잠이 오질 않는다. (1961년 9월 26일)

수양회 교육을 모두 마치고 오후에 서울로 가려고 준비하니 여비가 없음을 알고, 전황이 500환, 이진태 경기 지구장이 500환을 주기에 사양하지 않고 받아서 서울로 갔다. 관수동 한약방에서 일하고 있는 대영이를 찾아가 형의 소식을 물으니, 형은 형의 친구 집에 머물고 있고, 9월 29일 오후 4시 반 용산역에 집결하여 논산 훈련소로 간다고 알려주었다. 대위가 동생에게 말하기를, 어머니가 오셔도 용산역에 나오시지 못하게 하라고 했단다. 그 말을 듣고 거리에는 사람들이 많이 오가는데도 부끄러운 줄도 모르고 대영이와 같이 하염없이 흐느껴 울었다. 눈물을 감추며 용산에서 거주하시는 이정수(李政秀) 권사님 댁으로 왔다.

(1961년 9월 27일)

이 권사님 댁에서 아침식사를 하고 큰아들을 만나려고 종로구 충신동 대위 친구 집을 찾아갔으나 대위와 친구는 없었고, 그 친구 모친 오영숙 씨가 나를 친절하게 대접해주시며 점심과 과일까지 차려주어 잘 먹었다. 천식으로 불편하신 오영숙 씨에게 몸조심 잘하시라고 위로하고 그 집을 나서 나오는 길에서 대위와 친구를 만났다. 아들을 보니 눈물부터 나온다.

아들 친구는 자리를 피해 갔고, 나는 그냥 그곳에 서서 아들 말을 들어보니, 아들은 아버지가 실망스럽다며 상처를 많이 받은 모양이었다. 나는 능력이 못 되어 군대에 가지 말라는 말도 못 하고 눈물만 흘리니, 대위가 울지 마시라고 위로하는 말에 더욱 가슴이 쓰리고 아팠다. 대위가 나를 감싸며 그만 우시라면서 돈을 주기에 네가 가지고 가라고 거절했으나, 자기는 이제 돈이 없어도 된다며 극구 권하여 대위 마음을 보고 받았으나, 내 마음은 편치 않았다. 그 길로 김인주 형님 댁을 찾아가 대위가 군대 간다는 사정을 이야기하니, 형님도 내일 용산역으로 갈 태니 날보고는 협회 본부 김원필 선생님을 만나서 알려드리라고 하여, 찾아가 말씀드렸으나 군대 가더라도 하늘 대하는 마음은 변치 말라고만 하셨다. (1961년 9월 28일)

용산역 광장에 모여드는 입대 장정들 중에 대위가 있는 것을 먼저 보신 김인주 형님이 대위를 대동하고 광장 건너편 이 권사님 댁으로 가 국수를 먹이고, 대위 속옷에 주머니를 만들어 돈을 넣어주시면서 "내 아들은 군대 가서 매 맞아 정신 이상자가 되었는데, 너는 매 맞지 않도록 군대생활을 잘해야 한다"고 당부하시니, 얼마나 형님이 고마운지 말로 다 표현을 못 하겠다.

학생회 동창인 방한익, 김두환 등 여러 명이 나와 대위를 배웅했다.

남들은 군대 가기 싫어 이리저리 기피하는데, 너는 군대 갈 나이도 아니면서 자원해서 가다니, 불쌍한 내 아들아, 이 못난 어머니를 용서하고 몸 건강히 잘 지내 거라. (1961년 9월 29일)

대위가 입었던 옷들을 수선하여 이 권사님 아들에게 입히라고 전하고 서울을 떠나 일산리에 도착했다. 몹시 피곤하여 잠시 누웠으나, 불안한 마음이 좀처럼 안정이 안 된다. 더구나 열성적이

던 영호가 이전 생활로 돌아가 살겠다는 소식에 섭섭하여 마음이 더욱 심란하다. (1961년 10월 2일)

오늘은 문선명 선생님이 감옥에서 나오신 날이다. 교회에 가서 이것저것 여러 가지 잔일을 하면서도 올 겨울 지내 일을 생각하니 막막하기만 했다.

교회건축은 완전하게 마무리하지도 못했고, 교인은 늘지 않고, 도리어 나오던 교인들도 나오지 않겠다니 걱정스럽다. 십자가에 달리신 예수님 심정과 감옥 생활 하신 문선명 선생님 사정을 생각하며 새롭게 정신을 차려야 한다.

하나님! 이 여인을 붙들어주시고 용기를 주소서. (1961년 10월 4일)

어머니는 허약한 몸으로 1년 넘게 농촌에서 생활하시다 보니, 자연히 그 지역 모든 농사일을 돕게 되어 허리도 안 좋게 되시고, 온몸이 안 아프신 데 없이 피곤한 생활의 연속이었다. 그래서 밤에 주무실 때면 녹초가 되어 헛소리와 앓는 신음소리에 집주인이 측은하게 보시고, 따뜻한 음식을 마련하여 어머니에게 제공해 주었다고도 하니, 얼마나 비참한 고통의 생활을 하셨을까?!

낮에는 주로 그 지역 주민의 요청으로 여러 가지 농사일과 집안일(한복 제작, 바느질, 도배, 김장 등)을 도와주셨고, 품삯을 주면 받고 안 주면 못 받고, 밥을 주면 드시고 안 주면 못 드시는 생활을 하셨다. 하지만 절대로 공짜로는 받지도 드시지도 않는 생활이셨다. 그래야만 어머니 마음이 편하셨단다.

저녁에는 계몽 교재에 따라 학습과 통일교 교리를 강의하시면서 농촌계몽과 전도 활동을 계속하셨다. 그러면서도 늘 하늘 앞에 자신이 부족함을 자책하시고 스스로 분발하시면서, 하나님이 항상 먹이고 입히고 재워주신다고 범사에 감사하면서 생활하셨다. (1961년 10월 6일-11월 13일)

수원교회에서 3일간 금식기도하며 수련하는 중에 사길자(史吉子) 순회사가 방문하여 전도대원과 교인들을 대상으로 강의를 했다. 나와 이요한의 관계를 끊게 한 자가 말하고 있으니, 그 말이 들리지 않고 잡념만 떠오른다. 문선명 선생님을 대신한 사람이라고 생각하고 경청하려고 노력했지만, 너와 네 남편 유효원 협회장이 나와 이요한의 재결합을 매몰차게 반대하고 방해한 말들만 떠올라 내 마음은 또 다시 심란해졌다.

사길자와 마주 앉아 말할 수 있는 기회가 되어 일산교회 방문을 요청하니, 교인이 많은 곳은 가도 적은 곳은 안 간단다. 오냐! 네가 양심은 있구나. 못된 짓을 했으니 가책이 되어 못 오는 것이지, 교인 숫자 타령은 핑계라는 것을 나는 안다. 헤어지면서도 내 인사를 모르는 척 외면하고 나가는 그를 보고 전도대원들이 왜 인사도 안 받고 그냥 가는 거냐고 나에게 묻기에, "글쎄요?!" 하면서 모르는 척했다. 사람은 지식보다 인성이 좋아야 한다.

양지(陽智) 전도사와 같이 수원교회를 떠나왔다. (1961년 11월 16일)

식량 부족으로 끼니도 거르시면서 오전에는 산에 올라 방에 땔

나무를 하셨고, 이 집 저 집 주민이 요청해 오면 이것저것 동네일을 도와주시면서, 오후 7시부터 밤 10시까지는 문맹자와 학생들을 대상으로 한글과 한문을 가르치시고, 통일교 교리도 강의하시면서 고된 생활을 계속하셨다.

황문부라는 청년과 교대로 야간 계몽 활동을 진행하는 중에 모현초등학교 교감 이기창과 박제의 선생이 격려차 방문(1962년 2월 16일)한 기록도 있고, 문맹자 수강생 중 시험 합격자가 17명이라는 기록도 있다.

몹시 피곤하여 코피를 흘리시기도 하고, 몸이 아프셔도 약도 없이 몸져눕지 못하시고 참고 견디시면서 비참한 생활을 매일 하셨다. 일과를 마치고 집에 오시면 싸늘한 방에서 홀로 외로움에 잠겨, 1961년 4월 중에 있었던 협회장 유효원과 그의 부인 사길자 그리고 정대화, 유효영, 지말숙 등 5명이 단합하여 어머니의 재결합을 야멸치게 반대한 것에 대한 원망의 글을 쓰셨다. 그리고 믿었던 남편으로부터 버림받음을 원통해하시며 서글피 우시며 긴 겨울밤을 홀로 지새우셨다. 젊은 여자에 미쳐 조강지처와 자식을 버린 이요한! "나는 그동안 너에게 속아온 것이 분하고 원통하다"고 하시는 등, 이요한을 원망하는 기록도 많다. 그러나 어머니 사정을 잘 아는 그 지역 책임자인 허근(許根)이라는 지역장의 격려 말씀을 위안으로 삼아 스스로 자제하고 새로운 각오를 다짐한 기록이 여러 날들이다. (1961년 11월-1962년 4월)

산에서 땔나무를 하고 있는데, 정예(貞禮)가 손님이 오셨다며 내려가 보시라고 하여 내려와 보니, 경기 지구 본부 인천교회 권순태 씨가 와 있다. 나에게 전하는 말은 인천교회에서 나를 오라고 했다고 한다. 가기는 가야겠지만 마음은 내키지 않아 기쁘지가 않았다. 점심을 대접하고 왕산리까지 배웅하고 돌아왔다. (1962년 4월 30일)

1962년 5월 2일 임지(任地)인 일산리를 떠나 인천교회로 가시기 전에 종로구 관수동 한약방에서 일하며 야간 고등학교에 다니는 작은아들도 만나보셨고, 해군 군목에서 전역 후 용산 제일교회 담임목사로 부임하신 오빠(李正根)도 만나보셨다. 그런데 친오빠인데도 당신의 억울한 이혼 사정을 말씀드리기는커녕, 도리어 오빠가 이혼 사실을 모르고 있음을 다행이라고 마음 놓으셨다. 자신의 고초와 고통을 자기 것으로만 여기신 어머니의 거룩한 천성에 절로 머리가 숙여지며, 나는 내 생활 모습을 반성하게 된다. 조카 아들(이영락)이 의정 장교로 있는 청평에 잠시 머물면서 철원에서 군대 생활하는 큰아들도 조카 아들 안내로 만나보셨다(1962년 6월 16일). 나는 어머니가 면회 오신 그날, 어머니가 소리 없이 흐느껴 우시던 모습을 잊을 수가 없다.

1962년 6월 19일부터 통일교 경기지구 본부 인천교회(내동 17번지)에서 생활하셨다. 그러나 육신의 편안한 생활을 하늘 앞에 송구스럽게 생각하시고 마음이 평화롭지 못해 괴로움의 기록들이 많다. 어머니가 인천교회에서 생활하시도록 경기도 이진태(李眞泰) 지구장이나 각 지역장들이 대환영으로 모셔갔다. 하지만 어머니는 일정한 집도 없이 떠돌며 생활하는 방랑자와 같은 당신의 처지를 한숨 지으시며 늘 자식들을 염려하시고 보고 싶어 하시며, 두 아들과 같이 생활할 때를 간절히 고대하신 내용들이 기록되어 있다. (1962년 5월, 6월)

6월 22일 저녁 일산리 교회에 도착하여 보니 마당에는 풀이 많이 나 있고 교회창문은 찢어져 있어 어찌나 마음이 괴롭던지, 즉시 마당 풀을 뽑고 창문을 붙이고 엉성하게 흐트러진 교회 환경을 정리하고 청소했다.

밤에는 청년들(영호, 영태, 수영, 의환)이 나를 찾아와 인사들을 하니 엄청 반가웠고, 그 중에서도 영호를 보니 더욱 반가웠다. 교회를 내 집처럼 생각하고 관리하라고 청년들에게 부탁했지만, 마음이 안 놓인다. (1962년 6월 24일)

이요한 목사가 "자기는 마음에 없었는데 문선명 선생님이 강제로 결혼시켜서 할 수 없이 살고 있다"고 했다는 말을 강다복(姜多福) 교인으로부터 전해 듣고는, 황당한 거짓말에 어이가 없었다. 그래도 양심은 있어서 나를 배반한 것이 마음에 걸렸던 모양이다. 목사가 거짓말까지 하고 다니니, 하늘이 무섭지도 않은지! 남을 괴롭히고 저만 좋아서 사는 자가 무슨 목사란 말인가?! 인간 도리에 벗어난 행위가 고약하고 저주스럽다. (1962년 7월 11일)

지구장 앞에서는 충성하고 겸손한 체하면서 안 볼 때는 교만하고 성질부리며 잘난척하는 김영수(金永洙) 씨나, 내가 남편에게 버림받은 여자라고 경시하고 놀려대며 축복받은 것을 자랑하고 뽐내는 하길운(河吉雲) 씨를 볼 때, 어떻게 저런 사람들이 축복을 받았는지 의심스러워, 괴롭고 서러워 울고 싶은 기분이다. 축복 받은 사람일수록 온유하고 겸손한 자세로 남에게 먼저 대접하고 베풀어야 하는 것이 아닌가?! 그러니 하나님 뜻만을 섬기고 바라보며 나가야 한다. (1962년 8월 6일) ([註] 축복=통일교 결혼)

마음도 평화롭지 못해 번민하는 생활인데 몸까지 아프니 만사가 귀찮아지면서, 또 이요한 너를 원망하고 저주하게 된다. 우리 세 가족의 운명을 네가 이렇게 해놓고도 자기만 잘 먹고 잘살려고 하는 너의 심보는 어떤 것이냐? 문선명 선생님이 내 상대를 정해주면 여기 지구 본부를 빨리 떠나고 싶지만, 그때가 언제인지 막연하기만 하다. 군대 생활하는 큰아들 대위가 오늘따라 보고 싶고, 어떻게 생활하는지 궁금하다. 대위야! 내 걱정은 하지 말고 나라와 민족을 위하고, 하늘 앞에 자랑스러운 사람 되기를 이 어미는 간절히 기원하고 있단다. 교회엔 쌀도 구공탄도 없으니 어찌하나. (1962년 8월 31일)

어제 낮 문선명 선생님과 정 장로님이 이곳 인천교회에 오셨다. 선생님을 뵙게 되니 나도 모르게 눈물이 나는 것을 꾹 참고 인사드리고, 잠시 앉아 있다가 물러서 나왔다. 부족한 여인이 선생님 식사를 준비하게 되었으니 기쁘기도 하고 두렵기도 하지만, 정성을 다하여 상을 차려 올려드렸다. 문선명 선생님은 여기 인천 본부에서 주무시고, 오늘 우리와 같이 예배 보신 후 오후 4시 10분에 서울로 가셨다. (1962년 9월 2일)

어머니의
마지막 글과 임종

국화

비바람이 불어도 찬 서리가 내려도
조용히 향내 피우는 국화야
향내 나는 너를 누가 싫다고 하랴
나는 너를 본받고 살련다

누구를 원망한들 무슨 소용이랴
모진 시련과 쓰라린 고통의 번민을
말없이 나 홀로 이겨내면서
마음의 향기를 피우며 굳세게 살리라

기후환경 조건에도 변함없이
향내 피우는 너의 모습같이
아름다운 향내를 풍기는
내가 되기를 간절히 바라노라.

(1964년 11월 24일)

어머니는 누적된 과로로 1965년 봄 쓰러지신 후, 투병 생활을
하셨다. 증세가 호전되는 듯 스스로 거동하셨는데, 돌연히 1967
년 12월 6일(음력 11월 5일) 오후 8시 30분 강원도 양구군 비무장
지대에서 직업군인으로 근무하는 큰아들 주택에서 당신의 즐풍
목우(櫛風沐雨)한 48년의 짧은 생애를 조용히 마감하시고 소천(召
天)하셨다. 나는 장례 절차도 몰랐고 전혀 준비도 없어 막막했다.
하지만 혹한의 날씨에도 불구하고 군부대와 마을 주민의 따뜻한
도움으로 무난히 5일장으로 장례를 치를 수 있었다.

존체는 방산면 송현 2리 인근 산에 50년 동안 안치(安置)했으나,
삼가 어머니의 명복을 빌고 어머니 후손의 창성(昌盛)을 기원하는
간절한 마음으로 2017년 7월 4일 개장하여, 동년 7월 6일 충청북도
음성군 생극면 신양리 대지공원 묘원에 마련한 대지 1호 가족묘지
(11지구 6단 좌열 57번 6평. 지번: 324, 325)로 이장하여 봉안(奉安)했다.

2017년 7월 6일

거룩한 어머니 유산

어머니의
거룩한 천성

　　　　　　용산구 신계동에서 우리 식구가 거주하는 집은 일본식 2층 다다미방이었다. 우리 방 옆방에는 경남 통영에서 상경하여 홀로 자취 생활을 하면서 국립 고동학교에 다니는 나와 학교가 다른 선배 학생이 있었다. 내가 모르는 학습문제를 가지고 가 물으면 친절하고 알기 쉽게 풀어주는 꽤 실력 있는 고교생 선배였다. 엄동설한 그 추위에도 난로 하나 없이 이불을 등에 덮고 빈 나무 사과상자로 된 책상 앞에 쪼그려 앉아 열심히 공부하는 모범학생에게 어머니는 이 가난한 국비 학생을 기특하고 측은하게 보시고, 아침마다 따끈한 국이나 수제비국을 제공하면서 가족처럼 대하며 삶의 의욕을 북돋아 주셨다. 뿐만 아니라 외할머니가 돌아가셨다는 전보를 받고 해군 중령 군목으로 계시는 경남 진해 삼촌댁으로 가시는 중에, 서울역에서 홀로 울고 있는 학생을 목격하시고 다가가 왜 우느냐고 묻고는, 소매치기 당하여 고향에 갈 수 없다는 딱한 처지의 그 학생을 다른 사람들처럼 외면하지 않으시고 친절하게 인도하여 고향에 갈 수 있도록 기차표를 마련해 도와주셨다. 어머니는 그런 분이시다.

극빈한 생활에 가진 것 없어도 예의에 어긋나고 불의한 일에는 절대 외면하시고 응하지 않으셨다. 하지만 어려움에 처한 사람을 보시면 기꺼이 도우며 이웃을 사랑하신 어머니가 얼마나 거룩하신 분인지, 절로 머리 숙여지며 존경하게 된다. 가난에 찌든 살림에도 이름도 없이 남을 도운 것은 진실한 신앙심과 타고난 천성이 거룩하시기 때문이라고 나는 생각한다.

그뿐만 아니라 어머니는 하늘같이 믿었던 남편으로부터 쓰라린 배신을 당하시고도 일체 내색도 않으시고, 오히려 당신의 아들에겐 아버지의 좋은 점만을 말씀하셨다. 그 당시에 나는 그 깊은 뜻을 헤아리지 못하고 그런 줄만 알았다. 그러나 10여 년간 직접 아버지와 교류해 겪어보니, 아버지는 대단히 고루한 분임을 깨달았다.

또한 어머니는 다년간 경기도 용인에서 온갖 고난을 무릅쓰고 주어진 임무를 완수하셨다. 농촌 청소년들을 대상으로 계몽 활동을 하시면서 남기신 어머니의 일기 노트를 보고서야 나는 어머니의 진심을 알게 되어 쏟아지는 눈물을 주체할 수 없었다. 남편의 속임수에 이혼 당하신 억울함을 스스로 달래며 생활하신 기록들은 부족한 내 생활모습을 뒤돌아보게 하여, 마음이 숙연해지며 어머니가 더욱 존경스러워 흐느껴 흠모하고 있다.

이렇게 어머니는 비분강개한 마음을 스스로 절제하시며 참다운 희생으로 음지에서 이름도 빛도 없이 진실로 아름다운 참사랑을 실천하신 분이다. 그러니 나는 내 어머니를 거룩하신 분이라고 당당하게 말하는 것이다.

어머니 생애의
교훈

경애(敬愛)하는 내 어머니가 세상을 떠나신 지 어느덧 반세기가 지났어도, 어머니에 대한 추억이 새롭고 생생하게 새록새록 기억된다. 그만큼 어머니의 올곧은 생활 모습과 행적이 이 자식에게 본보기로 각인되어 전해지고 있기 때문일 것이다. 그러니 내 자손뿐만 아니라 이 책을 본 사람이라면 누구든 내 어머니의 정신과 올곧은 가치관을 받들어 더욱 현창(顯彰)하여, 이 혼탁한 세상을 밝고 명랑한 선진사회로 발전시켜주기를 절실히 바란다. 바로 그런 뜻에서 어머니 생애의 사적(事蹟)을 세상에 널리 알리고 싶어 이 책을 발간하는 것이다.

내 어머니 생애에서 필히 답습해야 할 교훈은, 어떠한 고난과 역경의 환경에서도 흔들림 없이 언제나 올바르게 판단하시고, 반드시 그 길을 택하여 올곧게 생활하신 진실한 참모습이시다. 또한 온갖 시련과 고초에도 굴하지 않으시고 이를 태연하고 당당하게 극복하시고, 매사를 공명정대하게 처리하셨다. 남에게 피해를 주는 일은 절대 없었으며 늘 예의를 갖추셨다. 사정이 어렵고 딱한 사람을 목격하시면 외면하지 않으시고, 극빈한 생활에도 불구하고 베풀고 대접하는 생활을 즐거하셨다. 또한 노력의 대가가 아니면 바라지도 받지도 않으셨으며, 자기 자신에게 대단히 엄격한 분이셨다.

임종하시기 전 거동이 불편하신 몸으로도 내 아내에게 찬송가를 들려주시고, 성경을 중심으로 가르치기를 즐거하시며, 늘 정직 성실하게 생활하라고 당부하셨다. 이렇게 어머니는 온건한 사고력과 올곧은 가치관을 갖고 실천하셨다. 뿐만 아니라 타고난 천품(天稟)이 진실하고 착하고 아름다운 진선미(眞善美)를 굳건히 갖추시고 실행하신 분이다. 그러므로 내 자손들도 내 어머니의 생애가 교시하는 바가 무엇인지 올바르게 깨닫고, 반드시 올곧은 긍정적 정신자세와 올바른 인성이 확립되도록 노력하고, 어떠한 환경 조건에서도 가정의 행복과 평화를 이끌며 자자손손 가문을 번성시키고, 인류사회 발전에 기여하기를 간곡히 당부한다. 너희들 삶의 과정에도 반드시 어떤 형태로든 역경과 고난의 고비가 있을 것이다. 그러니 그 고비를 감정에 치우쳐 중심을 잃지 말고, 매사를 올바른 이성적 판단으로 공명정대하게 처리해야 한다. 언행은 늘 예의바르게 실행하기를 간절히 바라면서, 다음과 같이 심심(甚深) 당부한다. 내 어머니 생애가 말해주듯 어떠한 환경과 경우에도 중심을 견지(堅持)하고 극기복례(克己復禮)하며, 수처작주(隨處作主) 자세로 습관적으로 무실역행(務實力行)과 정도예의(正道禮儀)를 실천하라는 것이다.

Part.02
1961-1990

내 젊은 날의 기록

상승부대 대대장 모습

내 조상
전주 이 씨(李氏)

전주 이 씨(李氏) 나의 시조는 태조 이 성계 21대 조(祖)인 이한(李翰, 호는 甄城)이라는 분이다. 그분은 덕 망이 높고 학문이 우수하여 통일신라 46대 문성왕 재위(AD 839-857) 때 사공(司空)이라는 관직에 등용되어 지내셨다고 한다. 후손 도 나라 일에 종사하며 조선시대까지 이어져 왔다는 기록은 있 지만, 시조 이후 17세손까지 존함은 기록되어 있어도 사적(事蹟)은 알 수가 없다.

시조의 18세손 목조(穆祖) 이안사(李安社)라는 분이 전라북도 전 주에서 아버지 이양무 장군과 어머니 이 씨를 모시고 호족(豪族) 을 이루며 사셨다고 한다. 그런데 그곳에 부임한 지주(知州)가 이 안사 분을 모질게 탄압하여, 이분은 부모와 가족을 대동하고 탄 압하는 그 지주를 피해 강원도 삼척으로 이주하여 생활하시게 되었다. 그러던 중 양친이 별세하여 그곳 미로면에 안치하셨고, 그 지주가 다시 삼척으로 부임한다는 소식에 이분은 재차 가족 을 이끌고 함경도 함흥으로 옮겨 생활하셨다. 그러다가 원(元)나라 간동(幹東)으로 가서 그곳에서 주민 5000호를 다스리는 원나라 다루가치(達魯花赤: 지방관)라는 벼슬을 하셨다고 한다.

목조 이안사의 4남인 익조(翼祖) 이행리(李行里) 3대 후손이 조선을 건국한 태조 이성계이시고, 나는 목조 2남인 안원대군(安原大君) 이진(李珍)이라는 분의 후손으로 판단하고 있다. 왜냐하면 1400년대에 안원대군의 장손 동남군 이춘홍께서 평안북도 정주로 이주하여 7세대가 경과하는 동안, 자손이 번성하고 문무과에 급제하며 고려와 조선 시대에 살았다는 문헌이 있기 때문이다. 또 서울 종로구 사단법인 전주 이 씨 대동종약원(全州李氏 大同宗約院)에서도 평안북도가 고향인 전주 이 씨는 목조 2남 안원대군 파라고 단언하기 때문이다.

안원대군(安原大君) 이진(李珍) 이분은 원나라 현량과에 급제하여 선무장군으로 금주병마도 총독을, 안원대군 장남 평해군은 고려와 조선조에서 관직 종정경을 지내셨다고 하며, 안원대군 차남 동해군 아들분이 사상의학을 창시한 동무(東武) 이제마(李濟馬)이시라고 한다. 오랫동안 전주 이 씨와 관련한 많은 문헌들을 찾아 연구, 확인하고 종친회에 문의하여 회답을 받았으나, 나는 시조로부터 몇 세손이고 파조 안원대군으로부터는 몇 대손인지 확실하게 확정하지는 못했다. 그러나 시조 이한께서 754년에, 안원대군은 1274년에 작고하셨다니, 대략은 계산하여 추정할 수 있다.

 * 요약: 목조 이안사 - 2남 안원대군 이진 - 장남 평해군 - 장남 동남군 이춘홍 평안북도 정주 이주 정착, 7세대 경과 자손 번창, 고려 조선조 문무과 급제

육군 지원 입대

　　나는 1961년 통일교에서 주관한 40일 농촌계몽 활동에 참여했다. 협회에서 지정한 경남 함양군 백전면으로 홀로 나가 풍찬노숙(風餐露宿)하며 곤고한 하계 농촌계몽 활동(1961년 7월 24일-9월 4일)을 마치고 귀경길에 대구에 들렀다. 대구 봉산동 22번지에는 그해 5월에 재혼한 아버지가 대구 통일교 책임목사로 계셔서, 인사드리고 나의 진로를 여쭈려고 갔다. 하지만 면담 결과 재혼 전의 말씀과는 전혀 달랐다. 농촌으로 다시 나가 전도 활동을 하면서 교회를 세우라고 강요하신 것이다. 이번 40일 농촌계몽 활동비도 내가 마련한 6,410환만 가지고, 하루 급식을 삶은 꽁보리와 멀건 소금 국물로, 그것도 하루 두 끼만 해결하면서 허기와 어지러움에 시달리며 엄청 힘들게 활동했다. 그런데 아버지는 일말의 경제적 지원도 안 하시면서 다시 농촌으로 나가 교회를 세우라고 강권하시니, 너무나도 실망스러워 울분이 복받쳤다. 하지만 나는 꾹 참고 또 참았다.

　　그해 봄 청파동 통일교 본부 2층에서 우리 형제를 불러놓곤, 우리가 묻지도 않은 말씀을 하셨었다. 즉 이번에 아버지가 축복

(통일교 합동결혼)을 받으면 우리 형제 학업은 계속할 수 있도록 하신다고 했는데, 그 말씀은 아버지의 재혼 성취를 위한 완전한 거짓된 꾀였던 것이다. 그것을 알고 나니 내심 분통이 터져 억장이 무너졌지만 눈물뿐이었다. 자연계의 금수(禽獸)들도 자신들의 새끼를 적극 보호 육성하건만, 내 생부(生父)는 우리를 귀찮게 여겨 냉대만 하시니, 앞으로 어떻게 살아갈지 그저 막막하기만 했다. 서울에는 기거할 집도 없어지고 가족도 친척도 없었다. 내가 초인적인 능력 보유자도 아닌데 어찌할까? 온갖 번민으로 그날 밤을 대구 봉산동 통일교 마루 한구석에서 모기장도 없이 가을 모기에 뜯기며 뜬눈으로 지새우다가, 이튿날 이른 아침 두말없이 서울로 상경했다.

이렇게 우리 어머니와 두 아들은 야멸치고 매정한 아버지의 재혼으로 풍비박산이 되어 어머니는 경기도 용인 농촌에서 개척전도 활동을, 동생은 종로구 관수동 한약방에서 일을 하게 되었다. 그리고 나는 친구 집에 잠시 머물며 월간 잡지사 영업사원으로 활동했다. 그러던 중에 군인 모집 벽보(壁報)를 보고 주저하지 않고 즉시 관련 서류를 준비하고 지참하여, 그해 9월 29일 육군 모병에 자원(自願)하여 입대했다. 남들은 군대 가기를 싫어하며 기피(忌避)하는 사람들도 많다지만, 나는 군대 생활이 더 없이 편안하고, 그렇게 즐겁고 재미있을 수가 없었다. 군대 생활 모든 것이 새롭고 흥미로울 뿐만 아니라, 인간 생활의 기본인 의식주 걱정이 전혀 없었다. 열심히 훈련만 받으면 되었으니 말이다.

"뼈저린 고통을 당해본 자는 진실의 소중함을 절감한다."

생활신조

-벤저민 프랭클린의 글을 보고-

진실(眞實): 어떤 상황에서도 올바르게 판단하고 정직하게 말한다.

결단(決斷): 결심한 일과 해야 할 일은 어떠한 일이 있어도 한다.

공부(工夫): 시간을 아껴 유용한 일에만 사용한다.

검약(儉約): 근검절약이 부의 본이니 헛되이 금전을 쓰지 않는다.

정돈(整頓): 소유 물품은 장소를 정해두고 관리하며 손질한다.

정결(精潔): 신체, 의복, 주거 환경은 늘 청결하게 유지한다.

절제(節制): 필요 이상으로 먹고 마시지 않으며 사용하지 않는다.

정성(精誠): 책무와 역할을 다하고 분수를 지킨다.

억제(抑制): 무슨 일이나 극단적으로 하지 않는다.

침착(沈着): 위기에 처해서도 태연한 자세로 공정하게 처리한다.

침묵(沈默): 남이나 나에게 해로운 말을 하지 않는다.

평화(平和): 스스로 평화를 지키고 남의 평화를 어지럽히지 않는다.

＊소망의 미래를 위해 오늘 일에 충실하자.

(1965년 7월 21일)

군 생활의
어느 날

봄에 쓰러져 투병 생활 중이신 어머니
가 늘 염려되어 주말이면 서울 청파동에 다녀오지만, 어머니 병
환을 어찌할 수 없는 무력한 이놈은 한탄스럽기만 하여 더는 살
고 싶지 않았다. 그동안 유명한 신문사로 내 사정과 간절한 뜻을
담은 서신을 보내 후원을 요청했지만 무응답이었다. 서울 명동에
거주하시는 아버지를 두 형제가 찾아가 도움을 요청했으나, 아버
지는 "너희들 십자가니 너희들이 지고 가라"고 매정하게 거절만
하셔서, 더 이상 살아가는 것이 싫어 그 길로 동생과 함께 삶을
포기하려고도 했었다. 비통하게 비관만 되는 괴로움을 잊으려고
퇴근길 매점에서 막걸리 한두 사발은 마셔야 잠 못 이루는 밤을
보낼 수 있던 지난 날들이었다.

이놈을 딱하게 보신 길 중령님이 권하신 책을 보고, 격려하신
말씀대로 나도 벤저민 프랭클린처럼 일기 노트 첫 장에 생활신조
를 작성하고 하루를 반성하며 나의 미래를 생각하게 되니, 조금

은 안정되고 생각이 새로워졌다. 또한 길 중령님의 권유로 내 생전 처음 여인을 만났다. 나 같은 처지의 사람을 누가 좋다고 하겠냐고 사양하다가, 한번 만나보기나 하라는 말씀에 떠밀려 겸연쩍어하며 그 여인을 만났다. 그런데 만나고 보니 내 생각이 180도 확 바뀌었다. 대면한 순간 캄캄한 한밤중에 떠오른 밝은 대보름 달을 본 것같이 무척 포근하고 따스한 느낌을 강렬하게 받았다. '지금도, 아니 앞으로도 그 여인의 얼굴 표정과 자태는 잊을 수 없을 것이다' 하는 생각이 들었다. 그렇게 은은하게 미소 진 밝은 표정과 자태를 생전 처음 보았다. 내 주위사람들도 나를 보고 힘없어 보이던 사람이 활발해지고 얼굴빛이 밝아졌다고 한다. 마음속 감정을 감추려 해도 나도 모르게 밖으로 표현되는 얼굴 표정은 그 사람의 얼(혼)이 밖으로 나타나는 굴(화면)이고 간판 역할을 하니, 대인관계에서 대단한 영향으로 작용한다.

그 여인을 만나본 지 얼마 안 됐지만, 예부터 잘 알고지내는 막역지우처럼 가까이 느껴져, 내 모든 것을 다 주고 싶은 마음이 절로 드니 왜 그럴까?! 그러나 그 여인은 내가 잡아보고 싶은 손조차 잡지 못하는 숫기 없는 사람인 줄은 모를 거다. 그래서일까?! 한동안 사정이 여의치 않아 만나보지 못하다가, 오늘 만나보니 표정도 밝지 않고 힘없이 하는 말이 내 처지와 전혀 다른 엉뚱한 말이어서 섭섭하긴 했으나, 구구한 설명이나 해명은 조금도 하지 않았다. 내 입장과 군인 생활 일과를 알지 못하니까 그렇다고 이해하고, 나는 좀 더 진지하고 뜻깊은 관계가 되도록 순수한 마음으로 대하려고 노력하는데, 그 마음을 그 여인은 모르는 것 같다.

나에게 미국산 고급 만년필(Wearever)을 오늘 선물한 것은 앞서 내 선물에 대한 답례의 의미뿐일까? 그 여인의 내심을 잘 모르겠지만, 진실한 마음으로 서로 돕고 배우며 꾸준히 교류하다 보면 기쁜 날이 올 것이라고 기대하면서 오늘 일기를 맺는다. 모든 것 하늘 뜻대로 하소서.

(1965년 9월 12일 일요일 밤에)

1966년 만추(晩秋), 장래를 약속하며

육군대학 졸업논문
발표 요지

제목: 군인의 국가관 확립을 위한 소고(小考)

목적: 1. 국가 경제발전이 국민정신에 미친 영향과 군 간부 역할과 의무.
2. 대표적 민족 투쟁사를 고찰, 그 사상 계보를 밝혀 올바른 국가관 확립.

내용 요지: 1.한 국가 흥망성쇠는 그 국가의 국민정신과 특히 지도급 인사에
기인하고 있음은 동서고금 역사가 증명.
2.현 사회 실태

＊ 우리나라 국가 예산의 52%를 원조에 의존하던 1961년도
국민 1인당 소득은 북한보다 못한 82$에서 작년 말 국민
소득은 1,647$로 급성장했고, 중학교 진학률은 49.5%에
서 93.4%로 약2배 상승, 전국 자동차 보유는 26,538대에서
494,378대로 18.6배 이상 증가하는 등, 국가 경제가 급성장
하고 있음.

＊ 국가 경제 급성장과는 달리 사회 현상은 물질적 힘에 매료
되어 우리 민족 고유의 예의범절과 윤리의식이 희박해지
고 도덕정신이 해이되어감.

＊ 사회 여러 현상 중 청소년 범죄 발생은 1959년 발생율 1건이 작년은 4.3건 비율로 증가 추세. 그 수법 또한 다양하고 악랄하게 나타나고 있음.

3. 군 실태와 군 간부 책무 역할

＊ 군 정신교육 실태: 기록과 전시 위주, 형식적 정신교육의 날 행사, 교관 교육준비 미흡, 자질 부족. 이는 군 간부에 기인한 현상.

＊ 대다수 청소년 군 입대: 군 간부의 책무와 역할 막중.

＊ 군 간부에게 요구되는 것은 확고한 국가관과 투철한 사명감.

따라서 군 간부는,

첫째: 명확한 역사의식과 국익 최우선 생활관 확립

① 2차 세계대전 당시 영국 수상 처칠은 "과거를 버리면 미래를 버리는 것이니 역사를 연구하고 역사에서 배워라. 국가 운영의 모든 비결은 역사 안에 있다"라고 함. 이 명언은 그 나라 국민, 특히 지도급 인사는 반드시 조국과 인류 역사를 잘 알아야 미래를 대비할 수 있는 지혜를 갖출 수 있음을 말함.

② 한 가정의 자식도 그들 조상의 발자취와 부모의 가치관을 잘 알아야 효자가 될 수 있듯이, 목숨 걸고 국가에 충성해야 하는 우리 군 간부는 당연히 우리 민족 수난사와 민족의 한을 필히 숙지하고 대비해야 함.

* 고려시대 대몽항쟁 시 최 씨 일가가 문신들의 화친 결의에 따랐다면 우리 민족 전통문화는 말살되었겠으나, 최 씨 일가는 명확한 역사의식으로 강화도 천도를 단행, 대몽항쟁에서 승리를 쟁취함. [8만내장경 제작]

* 1965년 한일외교 정상화, 월남 파병, 고속도로 건설, 포항제철소 건설 등 국력 배양을 위한 국가 건설사업에 야당의 극렬한 반대와 대학생 시위, 반대 여론에도 불구하고, 국익과 역사적 차원에서 용단을 내린 지도자의 강인한 의지와 결단이 오늘의 풍요로운 대한민국을 건설했음.

③ 따라서 국가 안보의 중추적 역할을 담당하는 우리 군 간부는 우리 민족의 국난 극복사와 주변 강국의 역사를 필히 연구 숙지하고, 명확한 역사의식을 가지고 국익을 최우선으로 하는 생활 가치관이 확립되어야 함.

둘째: 명확한 역사의식을 바탕으로 냉철한 현실 판단력 구비

① 우리 민족은 세계 역사상 유래 없는 수백 회 외침을 받으면서, 그 당시 지도자의 정세 판단에 따라 나라의 승패가 갈렸음.

* 을지문덕 장군은 정확한 전세 판단으로 수양제 113만 대군을 20만으로 전멸시킴.

* 선조의 안이하고 잘못된 판단으로 7년의 참혹한 왜란 초래.

* 이순신 장군의 확고한 구국 신념과 정확한 전세 판단으로 각종 모함과 병고에도 해전마다 대승하여 난국을 타개함.

② 따라서 군 지도급 간부들은 냉철한 현실 판단력을 배양하기 위하여 북한 공산당 전략과 침략 전술을 연구하고 대비해야 함.

셋째: 참신하고 의로운 종교적 신념과 줄기찬 실천력

① 개인 구원이나 기복신앙의 특정 종교를 말하는 것이 아니라, 끊임없는 각종 역사 연구와 현실 판단력을 갖추어 그 신념이 종교화되도록 실천해야 하고, 우리 민족정신을 계승발전 시켜야 한다는 것임.

   * 단군조선 개국 이념 - 홍익인간 이화세계(弘益人間 理化世界)

   * 우리 민족정신 - 경천애인 사상에 입각한 조상숭배 충효 정신

   * 신라의 3국통일의 근간 - 호국불교와 화랑도 5계 정신.

   * 고려의 대몽항쟁 승리 - 호국불교 정신과 국민 총화 단결.

   * 임진왜란 타개 - 이순신 장군의 충효 사상과 구국애민 신념.

② 종교적 신념이 없으면 현실 만족에 유혹되고 자기 이득을 위해 불의와 타협하게 되어, 처해 있는 조직과 나라 발전에 저해됨.

③ 따라서 군 간부는 마땅히 나라와 의를 위해 참신한 종교적 신념으로 부하들을 지도 육성하고, 매사 솔선수범하며 국토방위에 임해야 함.

결론적으로 우리나라는 주변 강대국의 영향과 끊임없는 북한 공산당 위협을 배제할 수 없는 현실에서, 남북통일은 우리 힘으로 완수해야 한다는 대 전제하에, 조국 근대화와 자주국방 태세 확립이라는 국가 목표 달성을 위해 우리 군에 무엇보다 우선적으로 요구되는 것은, 군 간부들의 올바른 국가관이 확립되어야 한다는 것입니다. 군 간부들의 정신 자세가 군인 생활을 하나의 생활 수단이나 개인 영달과 승진만을 추구하는 데 머물러 염량세태(炎凉世態)에 흐른다면, 소신과 사명감을 잃게 되며, 국가 미래가 어두워지는 것이라고 생각합니다.

따라서 군 간부들은 모름지기 명확한 역사의식과 국익을 최우선하는 생활과 이를 바탕으로 현실을 냉철히 판단할 수 있어야 하며, 참신하고 의로운 종교적 신념과 정도(正道)만을 추구하고, 매사 솔선수범하면서 부하들을 선도할 때 우리 군은 확고부동한 정신자세와 호국충정의 올바른 국가관이 확립될 것이며, 나아가 군대를 거쳐 나가는 모든 젊은 청년들이 전역과 함께 국가 발전에 적극 기여하여 명랑하고 밝은 국가 사회를 건설하게 될 것임을 발표자 본인은 확신합니다. 끝.

(발표 보조물: 슬라이드. 발표 제한시간 10분)

논문작성 발표자: 육군대학 정규 27기

소령 이대위

취임사(就任辭)

　　　　　　　존경하는 연대장님, 임석(臨席)해주신 선후배 동료 장교 여러분! 그리고 친애하는 OO연대 3대대 장병 여러분! 금번 명(命)에 의하여 본인이 역사와 전통에 빛나는 보병(步兵) 제OO 연대 3대대를 지휘하게 되었습니다.

　한 해의 모든 사업이 시작되고 있는 오늘에 대대장 중책(重責)을 맡게 되어 책임이 중대함을 느끼고 있습니다. 그러나 '하면 된다'는 신념으로 혼신(渾身)의 힘을 기울여 최선을 다할 것을 오늘 여러분 앞에 굳게 다짐하고자 합니다.

　오늘 이임(離任)하시는 金OO 중령은 그동안 여러 가지 어려운 여건과 환경에서도 이를 슬기롭게 극복하고 대대(大隊) 발전에 공헌하신 바 지대하며, 특히 대학생 전방 실습(前方實習)과 완벽한 월동(越冬) 준비, 그리고 각종 공사(工事)와 시범 등을 통하여 훌륭한 실적(實績)을 남기셨습니다. 이러한 업적을 계승하게 된 본인은 매우 흡족하게 생각하고 있습니다. 우리는 지금 조국 근대화 과업을 달성하기 위하여 온 국민이 총궐기(總蹶起)하고 있는 시기에 처해 있는 반면, 북한의 끊임없는 전쟁 위협과 대남 침투(對南浸

거룩한 어머니 유산

透)를 기필코 분쇄(粉碎)해야만 하는 위치에 있습니다. 이와 같은 위치에서 본인은 연대장님의 의도(意圖)를 충실히 받들어 여러분과 함께 보다 더 발전적인 대대가 되도록 하기 위하여 '실천(實踐)이 힘이다'라는 전제 하에 다음과 같이 요망(要望)하고자 합니다.

첫째: '교육 훈련을 철저히 하자'는 것입니다.

물고기가 물을 떠나서 살 수 없는 것과 같이 우리 군인은 교육 훈련을 떠나서는 살 수가 없는 것입니다. 그러므로 우리 간부(幹部)들은 가르치는 입장에서 끊임없는 연구와 노력으로 교수 능력(敎授能力)을 구비하여 병사들을 알차게 지도해야 하며, 병사들은 배우는 입장에서 적극적인 자세로 훈련에 임하여 훈련 성과를 극대화시켜야 하겠습니다. 이렇게 함으로써 우리가 요망하는 전투력은 증강(增强)되는 것이고, 전투 준비태세를 완수(完遂)할 수 있는 길인 것입니다.

둘째: '제 규정(制 規程)을 잘 지키자'는 것입니다.

아무리 막강한 군대라도 그 부대원이 그 조직의 제 규정과 규율을 잘 지키지 않는다면, 그 전투력은 전력(戰力)으로서 가치가 없을 뿐만 아니라, 국민으로부터 지탄(指彈)을 받는 군대가 될 것입니다. 때문에 우리는 고도의 전투력을 유지하고 명예로운 정예(精銳) 군인 상(像)과 엄정(嚴正)한 군기(軍紀)를 확립하기 위해서는 상관(上官)의 명령에 절대 복종하고, 정해진 제 규정과 규율을 자발적으로 지켜가야 하겠습니다.

셋째: '정(情)으로 생활(生活)하여 굳게 뭉치자'는 것입니다.

전투력의 강도(强度)는 그 부대원(部隊員)의 단결력(團結力) 여하에 따라 좌우되는 것이며, 이러한 단결력은 그 부대 구성원의 무형적(無形的)인 심적(心的) 요소에서 기인(起因)되고 있음을 우리는 잘 알고 있습니다. 따라서 우리 모두 투철한 충성심과 희생정신을 바탕으로 엄격히 예의범절을 잘 지키면서 참다운 상경하애(上敬下愛)의 군대 가정(軍隊家庭)을 이루도록 서로 이해하고 신뢰하며, 정(情)으로 생활하면서 굳게 뭉쳐야 하겠습니다. 이렇게 함으로써 우리는 어떠한 역경(逆境)과 시련(試鍊)도 기꺼이 헤쳐 나갈 수가 있는 것이며, 승리(勝利)를 기대할 수 있는 자랑스러운 대대(大隊)가 될 것입니다.

이상의 세 가지를 중점적으로 실천하여 적과 싸우면 반드시 이기는 대대가 되도록 본인은 최선의 노력을 경주(傾注)할 것이니, 대대 장병 모두는 이에 적극 호응하여 생활화해줄 것을 중히 당부하는 바입니다. 끝으로 대대장 중책(重責)을 성공적으로 마치고 영전(榮轉)하시는 김OO 중령 앞날에 무궁한 발전과 항상 기쁨이 충만하기를 대대 전 장병과 더불어 기원(祈願)하며, 이 자리를 빛내주신 연대장(聯隊長)님과 선후배 동료 장교 여러분들에게 심심한 감사를 표하면서, 이것으로써 취임사(就任辭)에 대(對)하고자 합니다. 대단히 감사합니다.

1982년 2월 1일

보병 제O사단 제 OO연대 제 3대대장 중령 이대위

거룩한 어머니 유산

이임사(離任辭)

　　　　　　　　　　불철주야 GOP 경계작전에 수고하시
는 연대장님! 참석해주신 선후배 동료 장교 여러분! 그리고 본인
이 항상 아끼고 사랑하는 3대대(大隊) 장병 여러분! 이제 본인은
여러분들과 석별의 정을 나누어야 할 때가 왔습니다.

　그동안 상사(上士)의 깊은 배려와 충성스러운 3대대 장병 여러
분의 헌신적인 노력과 정성에 힘입어 본인은 대대장 중책을 완수
할 수 있었습니다. 무한히 고맙고 감사한 마음 그지없습니다. 재
임 기간을 돌이켜보건대, 우리 앞에 적지 않은 난관(難關)과 역경
(逆境)들을 우리는 슬기롭게 이겨 나왔습니다.

　계획된 2회의 전투단 훈련을 포함한 수차(數次)의 야외전투 훈
련과 많은 여러 가지 힘겨운 전술 공사(戰術工事), 전투력 측정과
검열(檢閱), 그리고 잡다한 특정 임무수행 등 다사다난했던 지난
날의 일들이 주마등처럼 뇌리에 스쳐가는 순간입니다.

　본인이 부임(赴任) 초 어느 부대도 하지 않은 경로(經路)를 의도
적으로 실시한 보개산(寶蓋山) 877m 고지(高地) 지장봉(地藏峰) 경
유 100km 완전무장 철야 산악행군을 전 장병이 혼연일체가 되

어 단 한 명의 낙오도 없이 사단(師團) 지역에서 제일 험난하고 높은 고지를 점령 통과했다는 자부심은 물론, 무엇이든지 하면 된다는 신념과 끈질긴 투지력(鬪志力)을 우리에게 갖도록 일깨워준 악전고투 훈련이었습니다. 또한 근간에는 무덥고 긴 장마철인 지난여름 7월부터 장장 4개월간 불편한 야외 숙영(野外宿營)을 하면서 연속 실시해온 각종 GOP 철책 보강공사를 기상(氣象)과 의식주 생활의 악조건에도 불구하고, 여러분은 한마디 불평불만도 없이 자기자신 몸도 사리지 않고, 다만 주어진 임무만을 헌신적으로 묵묵히 완전하게 수행했을 뿐입니다. 이것은 우리들이 어떠한 대가를 바람도 아니었고, 어느 한 특정인을 위해서도 아니며, 더구나 개개의 이익을 위해서도 아니었습니다. 오로지 장병 여러분의 투철한 군인정신과 뚜렷한 주인정신을 가졌다는 증거이며, 공익과 대의(大義)를 위해서는 기꺼이 희생하겠다는 고귀한 정신의 소산이었던 것입니다.

조국의 부름 받아 군인으로 나선 우리들! 언제든지 명령만 내리면 어디든지 가서 무엇이든지 주어진 임무를 완수하고야 마는 충성스럽고 용맹스러운 보병(步兵) 제○○ 연대 제3대대 장병들임을 본인은 대단히 자랑스럽게 생각합니다.

이와 같이 우리는 성실함과 진취적인 복무 자세로 부대 발전에 공헌함을 보람과 긍지로 삼았고, 우리 자신의 생활 가치관을 정립하면서 근무해왔습니다. 그러나 이러한 보람과 긍지 뒤에는 우리를 슬프게 한 괴로운 일도 있었습니다. 금년 2-3월 중에 동료 전우들끼리 사소한 시비(是非)의 발단(發端)으로 사랑하는 이○○

하사(下士)와 강OO 상병(上兵)을 잃어버린 일입니다. 이로 인하여 본인이 한때나마 허탈감에 빠져 근무 의욕을 잃을 만큼 살을 찢기고 피가 솟는 것 같은 쓰라린 아픔을 겪었습니다. 친애하는 3대대 장병 여러분! 우리가 싸워 이겨야 할 상대는 온 인류의 적이며 지구상에서 영원히 없어져야만 되는 공산주의자들이요, 북한 공산집단뿐입니다. 사사로운 개개인의 이권(利權)에 얽혀 상급자를 경시하거나 동료 전우들 간에 이해하지 못하고 서로 다투어서야 되겠습니까?!

평소 기회 있을 때마다 본인이 강조한 바 있습니다마는, 다시 한 번 이 자리에서 마지막 남기고 싶은 말을 당부하고자 합니다. 먼저 대대(大隊) 골간(骨幹)을 이루고 있는 간부(幹部) 여러분! 어떠한 희생을 무릅쓰고라도 공익(公益)을 앞세우고 대의(大義)를 제일로 삼는 정신자세를 굳건히 다지고, 계급과 직책에 상응한 전문 지식을 자율적으로 꾸준히 연구하고 구비하면서, 체력관리에 유의하기를 거듭 당부 합니다. 그리고 우리 모든 병사들은 그동안 우리가 생활 지표(指標)로 삼아왔던 3정도(正道)의 길을 잊지 말고 계속 실행하기를 부탁합니다. 누가 알아주든 안 알아주든, 감독을 하든 안 하든 인간 본연의 마음을 가지고 올바른 말과 행동을 요구하는 정심(正心), 정언(正言), 정행(正行)을 생활화하여 자기 완성에 힘쓸 것이며, 전역(轉役) 후에도 국가 발전에 이바지할 수 있는 역군(役軍)이 되어주기를 거듭 강조합니다.

충성스럽고 용맹스런 3대대 장병 여러분! 이대위(李大衛) 중령(中領)은 여러분을 지겹도록 고생만 시키고 떠납니다. 그러나 그 고

생의 대가는 반드시 여러분 앞날에 보람과 무형(無形)의 힘으로 나타날 것이며, 여러분 정신을 강인하게 할 것입니다.

　아직 본인이 마무리 짓지 못한 일이나 앞으로 모든 과업은 홀륭하신 후임 대대장 김OO 중령을 중심으로 여러분은 한 마음 한 뜻이 되어, 나에게 보였던 바와 같이 온갖 노력과 정성을 다하여 완벽하게 수행하리라 믿고, 본인은 가벼운 마음으로 떠나고자 합니다. 정녕 이대위 중령은 정든 여러분 곁을 떠나야 하는지 실감이 나지 않습니다. 재임 중 잘못한 일이 있었다면 모두에게 너그러운 용서를 바랍니다. 이곳을 떠나 좀 더 곰곰이 지난날들을 돌이켜보고, 20여 년 군 생활에 후회스러운 일이 없었는지 스스로 반성하고, 앞으로 남은 군 생활을 더욱 보람차게 복무하겠습니다.

　그동안 부대 발전에 헌신적으로 지원해주신 연대장님과 내외 여러분들에게 다시 한 번 심심한 감사를 표하며, 보병(步兵) 제OO연대 제3대대의 무궁한 발전과 장병 여러분들의 앞날에 기쁨과 영광이 항상 충만하기를 진심으로 기원합니다. 3대대 장병과 가족 여러분! 그동안 대단히 수고 많았습니다.

　감사합니다. 안녕히 계십시오!

1983년 11월 3일

보병 제O사단 제OO연대 제3대대 중령 이대위

거룩한 어머니 유산

군 생활
주요 경력

* 육군 제O훈련소 OO연대 10중대 훈련병 - 특등 사수 2회 수상

* 맹호부대 사령부 작전참모부 작전과 작전서기

* 육군 하사관 학교 1기 졸업 - 하사

* 승진부대 사령부 하사관 학교 교육과 교육서기

* 승진부대 사령부 감찰참모부 조사과, 검열과 - 중사 * 비서실 서기장

모범군인 박정희 대통령 중심 기념촬영(1966. 6. 29)
나의 최초 컬러 사진. 대통령 하사금 고액 10매 수령

＊ 육군 단기 간부사관 3기 졸업: 보병장교 임관 - 우등상 수상

＊ 보병 제OO사단 GOP연대 GP장, GOP대대 정보장교

＊ 보병 제OO사단 신병교육대 교관 · 보급과장 - 중위 진급

    - 육군 최초 1식 3찬 조리시범 사단예하 전파

    - 모범군인 선발 전국 산업 시찰/견학

    (대통령 하사금 고액 10매 수령)

＊ 보병 제OO사단 사령부 신병교육대 교육 중대장 - 대위진급

＊ 보병 제OO사단 OO연대 2대대 GOP중대장 - 펀치 볼

＊ 보병 제OO사단 GOP연대 근무 중대장/수송 장교

    - 차량관리 우수상 수상

＊ 육군 제O훈련소 OO연대 중화기 교육 중대장

    - 연구 강의 우수상 수상

＊ 육군 보병학교 고등군사반 26기 졸업 - 우등상 수상

＊ 보병 제OO사단 사령부 군수참모부 보급과장 - 소령 진급

＊ 보병 제OO사단 OO연대 군수주임

    - 1식 3찬 조리 예하대대 전파시행

＊ 보병 제OO사단 GOP연대 GOP대대 작전장교/부대대장

    - 모범군인 선발 전국 산업 시찰/견학

    (대통령 하사금 고액 10매 수령)

＊ 보병 제OO사단 사령부(구 OO여단) 정보참모

＊ 육군대학 정규과정 27기 졸업

＊ 보병 제O사단 사령부 작전참모부 작전보좌관 - 중령 진급

＊ 보병 제O사단 OO연대 3대대장

＊ 육군 OO사령부 OOOO부 OO처 OO과 계획장교

거룩한 어머니 유산

* 육군본부 OO참모부 OOOO처 OOOO실 계획장교 - 희망 전역

즐거운 聖誕과 希望찬 새해를

맞이하여 萬福이 깃드시기를 빕니다.

1990년 새아침

合同參謀議長 兼
對間諜對策本部長　　陸軍大將　鄭 鎬 根

金 在 順

존경하는 고(故) 직속상관
정도(正道) 청렴(淸廉) 공명(公明)한 통솔(統率)

전역사(轉役辭)

　ＯＯＯＯ처 분석 평가실(分析評價室) 계획장교(計劃將校) 이대위 중령입니다. 바쁘신 가운데도 이러한 자리를 마련해주신 참모부장(參謀部長)님과 여러분에게 진심으로 감사드립니다. 아직 정년은 2년여 남았으나 본인의 연령이나 장교 임관일(任官日)로 보아 군에서는 생명이 다된 것으로 판단하여 스스로 물러나 후배에 자리를 물려주고 일반 사회인이 되려고 합니다. 그동안 군 생활을 돌이켜보면 임관하기 전 복무(服務)는 주로 사무행정(事務行政)이나 의전(儀典) 계통 생활이라 가치 있었던 복무라고는 생각되질 않고, 임관 후 강원도 최전방 GOP부대에서부터 시작된 초급 장교 시절 극한적인 험난한 생활 경험을 통하여 귀한 교훈을 얻었으며, 가치 있었던 군 생활이었다고 회상됩니다. 지금은 상상도 못 할 온갖 시련과 말로 표현하기 힘든 역경 속에서 죽을 고비를 몇 번이고 넘기면서도, 부여받은 GOP 작전(作戰)과 수많은 난공사(難工事)들을 기꺼이 완수했습니다. 그 당시 저에게 닥쳤던 온갖 고난들을 저는 저의 어머니 교시(敎示)에 힘입어 슬기롭게 극복할 수 있었고, 그 고통을 극복한 경험들이 저의 삶을 올곧은 방향으로 깨

우쳐주었으며, 그것이 오늘의 제가 있기까지 생활 저변에 기저를 이루어왔습니다.

생각해보면 덧없이 흘러간 27년간 군 생활이 얼마나 군 발전에 도움을 주었는지 모르겠지마는, 제 딴에는 대의(大義)를 위하고 부대 발전에 공헌함을 제일로 삼으면서, 사심(私心) 없이 맡은 바 소임을 충실히 다하고, 조국 수호를 위해 참군인의 자세로 복무했음을 자랑스럽게 생각하며 자부심을 가지고 있습니다.

굳이 아쉬움이 있다면, 보병장교(步兵將校)로서 보병의 꽃이라고 하는 전투단장(戰鬪團長)을 해보지 못한 점입니다. 그러나 장부생세 용즉이면 이사효충이요 불용즉이면 전경야족의(丈夫生世 用則이면 以死效忠이요 不用則이면 田耕野足矣)라! "사나이 장부로 세상에 태어나 나라에 쓰임을 받으면 목숨 받쳐 충성을 다할 것이요, 쓰임을 받지 못한다면 들에 나가 밭갈이함도 족하다"고 하신 충무공 이순신 장군의 말씀처럼, 어떤 외형적인 지위보다 어떻게 살았느냐?! 하는 내적인 가치에 더욱 관심을 두고 앞으로 생활을 알차게 할 것입니다. 몸은 비록 군을 떠나나 마음은 항상 군을 동경(憧憬)할 것이며 사랑할 것이며 자랑스럽고 보람찬 군 생활의 다양한 추억들을 영원히 잊지 못할 것입니다.

부디 참모부장(參謀部長)님과 여러분들, 늘 건강하시고 기쁨과 행복이 함께하시기 바랍니다. 감사합니다. 안녕히 계십시오.

1988년 3월 31일

육군본부 OO 참모부 중령 이대위

Part.03
1985-2007

내가 보낸 편지들

서예 첫 작품

거룩한 어머니 유산

106

윤상(潤相)아!

윤상아! 너의 생애(生涯)에 처음으로 집을 떠나 객지(客地)에서 대학 다니며 공부하고 있으니 일상 의식주 생활이 얼마나 불편(不便)하고 수고 많으냐?! 그러나 일체유심조(一切唯心造)라는 경구(警句)와 같이 세상 모든 일은 사람 마음이 만드는 것, 늘 긍정적이고 적극적인 마음자세로 그곳 생활에 잘 적응하면서 대학생 본연의 학업에 열중하고 있으리라 믿는다. 물론 이곳 대전 가족들은 모두 잘 있다.

아무쪼록 자기 생활 기준에 벗어나는 생활이 안 되도록 항상 자기 자신과의 싸움에서 이겨야 하고, 중단(中斷)함이 없이 고매(高邁)한 인격 형성과 건강에 힘쓰면서 전문지식은 물론 관련되는 다른 분야까지도 박식(博識)한 실력을 구비하는 데 여념(餘念)이 없기를 바란다. 또한 현재 생활이 고달프고 괴로우며 기분이 안 좋아도 밝은 표정으로 유머 감각을 유지하면서, 자신에게는 늘 엄격한 생활이 되어야 한다는 것을 명심하고 실천하기 바란다. 목표한 바 반드시 성취하기를 기원하며 너의 소식을 기다린다. 어머니가 더 기다리고 있단다.

1985년 3월 25일, 대전에서 아버지가

건장(健壯)한
형제에게

 너희들은 외모(外貌)는 물론 학벌이 출중(出衆)하
여 남들이 부러워하는 남성들이지만, 그에 걸맞
게 내면(內面)의 일상생활 모습과 언행도 남들이 존경할 수 있는
대상이 되도록 노력해야 한다.

뭇 사람으로부터 존경받을 수 있는 사람이 되려면 늘 진실한
생활로 자신의 책무(責務)와 역할을 다하면서, 온유 겸손함이 습
관화되고 약자(弱者)를 배려하고 공익(公益)과 의(義)를 위하며 사회
발전에 이바지하는 사람이 되어야 한다는 것이다. 그러니 너희들
지금까지 살아온 생활 경험과 지식을 바탕으로 앞날을 예측하고
미래를 준비하는 생활 자세가 되어야 한다.

특히 윤선(潤宣)이는 새로운 자세로 더욱 학업에 열중하기를 바
란다. 학과 성적을 보면 너의 학업 자세를 헤아릴 수 있지만, 사
람의 운명은 그 사람 정신 자세에 따라 결정됨을 깊이 알고 자신
을 엄격하게 다스리며 늘 올곧은 정신 자세의 생활이 되어야 한
다. 아무쪼록 정성을 다하여 심신(心身)을 단련하면서 자신이 하
고 있는 책무(責務)에 충실하며 건강하게 잘 지내라.

1996년 3월 4일, 경남 창원에서 아버지가

거룩한 어머니 유산

가정 경영의
핵은 가장이다

아범아! 계속되는 격무(激務)에 얼마나 노고(勞苦)가 많으냐?! 그러나 그런 직무를 수행할 수 있는 근간(根幹)은 아범이 편안히 쉴 수 있는 가정이 있기 때문이라는 것을 한시도 잊어서는 안 된다. 더구나 네 처가 전업주부도 아니고 같은 직장인이라는 것을 알고 가사노동에 적극적으로 나서야 하는데, 그렇게 하는 것 같지가 않아 안타까운 마음이고, 집안 환경이 보기에도 안 좋아 걱정이 많다. 자라는 어린 아들에게도 가사 일에 적극적인 아빠 모습은 훗날에 귀감이 될 것이니 잘 고려해라.

옛날 네 할머니가 밥을 짓기 위해 무거운 도끼를 들고 나무를 쪼개는 모습이 지금도 생생하게 기억되어, 어머니에 대한 애모(哀慕)의 마음이 더하단다. 맡은 직무에 시달리다 보니 심신이 고달프겠지만, 네 처 또한 그런 처지일 것이라는 생각에 내 마음이 편치가 않으니, 아침에 조금만 더 일찍 일어나 집안 환경을 개선해보거라. 그러면 출근길에도 상쾌하고 즐거울 거다.

내가 너의 집안 환경을 보고 느끼는 것은 정리정돈이 안 되고 청결치 못하여 자라나는 어린 아들에게 미치는 영향을 염려 안

할 수가 없어서 그런다. 모든 생활의 근간은 가정환경에서부터라는 것을 명심하고, 보다 더 청결한 환경에서 화목한 가정이 되기를 아버지는 간절히 바라고 있단다. 겨울 철 빗길에 차량 운행 각별히 조심하고 늘 안전에 유의해라.

2003년 11월 11일

아버지가

거룩한 어머니 유산

고진감래(苦盡甘來)

어멈아! 얼마나 고생이 많으냐? 낮에는 직장에서 일하랴, 밤에는 아기에게 시달림 받으랴. 밤잠도 제대로 자지 못하고 출근하리라고 생각하니 내 마음이 편치 않다.

여자는 결혼하고 아기를 낳으면 가정에서 아기를 잘 키우며 알뜰하게 살림하면서 남편의 사랑을 받으며 살아가는 것이 가장 가치 있는 생활이라고 나는 생각하고 있지만, 오늘날 세태는 그렇지가 않으니 안타까울 뿐 어찌하겠냐?! 자연의 섭리와 이치는 물론 모든 인간 생활의 근간(根幹)은 가정이요, 가정살림과 집안 환경 조성(造成)의 역할은 아내에게 있다는 것을 모르는 사람이 없건만, 그 이치대로 살아가기가 어려운 시대 흐름이니 말이다.

젊어서 고생은 사서도 한다니, 지금 고생을 참고 견디다 보면 훗날에 반드시 좋은 날이 온다는 것을 잊지 말고 힘내거라!

2003년 11월 11일

시부(媤父)가

진심으로
결혼을 축하한다

-이복 여동생의 재혼에 대한 글-

 오랜 세월 동안 소식이 없었는데 갑신년 새해 아침 너의 결혼 안내장을 받아보고 참으로 반가운 소식에 기쁜 마음으로 축하 전화를 했던 거란다. 그동안 마음고생이 이만저만 아니었을 텐데, 나는 너에게 위로의 말 한마디 전하지 못하고 무심하게 지나온 것이 몹시 미안하군.

마음속으로는 어떻게 생활하고 있는지 궁금하게 생각하고 있었는데, 참으로 기쁘고 잘되었구나. 재삼 진심으로 하늘만큼 땅만큼 축하한다. 하지만 결혼하면 가정생활이 평온하기만 하겠느냐마는, 어려운 환경과 상황에 직면하게 된다면 성현(聖賢)의 말씀을 상기하고 어려움을 극복하며 이겨내야 할 것이다.

옛 어른들은 부부지도(夫婦之道)는 상경여빈(相敬如賓)이라 하여, 서로가 서로를 늘 귀한 손님 대접하듯 존경하며 살아야 한다고 하셨단다. 그렇게 사는 부부가 현대에는 매우 드물지만, 양숙이는 그렇게 살아주기를 나는 간절히 바라고 있지. 어머니가 강해야 나라가 강해진다는 영국 격언의 경우도 그렇고 모계 중심 가정문화가 정착된 이스라엘 민족을 보아도 그렇듯이, 한 가정의 어머니는 그 가정뿐만 아니라 사회와 국가에 지대한 영향을 미치

거룩한 어머니 유산

고 있다는 것을 너도 잘 알고 있을 거야.

아무쪼록 김영태 씨와 행복한 가정을 이루고 김 씨 집안의 귀한 존재가 되어, 남편 사랑은 물론 시부모 사랑도 듬뿍 받아가면서 살아가기를 바란다. 자효쌍친락이면 가화만사성(子孝雙親樂 家和萬事成)이라고 했다. 대다수 사람들은 가화만사성은 잘 알고 있어도, 가화가 어떻게 이루어지는지는 잘 모르는 것 같더라만, 양숙이는 잘 알고 있겠지?!

인생 40을 넘어 가정을 갖게 된 너의 입장과 환경을 하늘에서도 이해하고 많은 축복이 있을 것이다. 나 또한 많은 사랑이 내려지기를 기원하고 있단다. 그런데 결혼식장에는 너를 위해 참석하고 싶으나, 그동안의 아버지와 원만치 못한 교류 관계도 해결치 않은 채 내가 그곳에 참석한다면, 좋은 분위기에 찬물을 끼얹어 싸늘한 분위기가 될 것 같아 참석치 않으려고 한다. 윤상이는 참석할 예정이니, 그편에 축의금을 보내마. 널리 양해하기 바란다. 부디 영원토록 김 씨 집안을 사랑하고 사랑 받으며 행복하기를 바란다.

2004년 1월 5일

이대위 글

원활한 의사소통을
바라면서

아버지의 질책에 대한 아범의 답신은 생각지도 않았는데, 솔직한 의견을 접하고 보니 반가운 마음이 든다. 가족 상호간의 솔직한 자기 의견을 허심탄회하게 교환한다면 얼마나 좋겠느냐마는, 메일을 보내면 이처럼 자기 생각과 견해를 회답하는 것이 당연한 처사라고 나는 생각한다. 그런데 회신을 요구해야만 답신하는 것이 네 처의 사고방식이라면, 대다수 보통 사람 상식과 전혀 다르군.

아무리 가깝거나 멀고 어려운 관계라도 할 말과 못 할 말을 구분 못 하는 우매한 사람은 아니겠지만, 내가 묻는 말에 움츠리고 감추려는 느낌을 받도록 하면서 아무 대답도 안 하니, 질문자를 불신하고 반항하는 태도로 간주되는데, 내가 잘못 판단한 것인가? 그리고 뒤에 가서 시부(媤父)의 질책을 아범에게 화풀이하듯 그런 말을 함부로 했다면, 그것이 지성인의 처사일까?!

어느 조직에서나 상사로부터 질책을 받고 다른 사람에게 배참하는 사람은 얼마 못 가 자질 부족으로 여겨져, 그냥 두지 않고 도태시키지. 왜냐하면 상사의 꾸중은 잘못을 개선하고 조직을 발전시키려는 의도인데, 그것을 이해하지 못하고 반성은커녕 기분 나쁜 감정만 가지고 자신의 정당성과 합리성만 주장하는 꼴이니 퇴출시켜 버리는 거야. 어느 분야에 종사하든 명인이나 달인은 자신은 물론 자기와 관련된 일까지도 잘못이 있으면 자신을 반성하고 즉시 개선하는 사람들임을 알아야 해. 변명·이유·핑계 등 자기 합리화를 추호도 하지 않는 것이 명인과 달인의 성품이야. 이같이 진실한 사람은 책임감이 왕성하고 능동적이고 긍정적인 의식으로 자신에게 엄격하지만, 소극적이고 거짓된 사람은 자신에겐 후하여 자신의 잘못을 개선하기는커녕 온갖 변명·이유·핑계를 대며 자기 합리화를 주장하며 잘못을 남의 탓으로만 돌리지.

내가 보낸 메일에도 옳고 그름을 판단할 줄 아는 지성인이라 했는데, 자기 감정에만 치우쳐 아범에게 그런 말을 했다면 글쎄다?! 그런 사람이라면 너도 한 남자로서 자존심이 상하지 않았냐? 너는 절대 말을 함부로 하지 마라!

인간 생활은 거의 말과 행동으로 이루어진다는 것을 확실하게 인식하고 있다면, 늘 조심하고 예의를 갖춘 생활 습관이 될 것이다. 그리고 장성한 너희에게 아버지가 부당하고 시행하기 힘든 강압적인 요구나 의무를 지워준 일이 어떤 것인지는 모르겠으나, 부당한 강요나 의무는 어리석고 우매한 사람에게나 통하지, 판단력이 있고 상식과 순리를 아는 사람에게 통하겠는가?!

내가 너희에게 말하고 전한 내용을 강요나 의무로만 이해한다면 너희들 판단대로 하되, 객관성과 타당성 있게 처신해야 함은 부정하지 않겠지?!

너희들이 성숙한 지성인이라면 어떤 상황과 무슨 일이든 자신의 이해득실을 따지지 말고 무엇이 바른 일인가를 먼저 판별하고, 험난하더라도 늘 옳은 일을 택하여 진실하게 처신하기를 바란다. 현명한 대인의 생활은 늘 공명정대하고 정의의 길을 택하지만, 소인은 자신에게 득이 되고 편한 생활만 바라는 것이니까. 대인과 소인의 구분은 지위고하(地位高下)나 학력과 빈부(貧富) 차이가 아니라, 생활 태도와 언행으로 나타난다는 것을 알고 실행하기 바란다.

그리고 네 어머니의 회갑을 알아서 하라는 말은 주현이가 등교를 안 해도 된다는 말이 아니지 않느냐? 물론 네 말과 같이 가족 행사의 중요성을 알려주는 것도 좋고 며칠 학교 안 간다고 학교 성적에 지장을 준다고 생각지도 않지만, 행여 장손 의식에 잘못된 사고가 잠재되지 않을까 염려되고, 그런 가운데 더욱 불쾌한 것은 사전에 알려주지도 않았을 뿐만 아니라, 내가 물으니까 그때서야 마지못해 우물쭈물 망설이며 대답하는 너희들의 고의성 태도가 심히 불쾌한 거야.

네가 너의 몫을 다하는 책임의식도 네가 말했듯이, 학교에 하루라도 안 가면 큰일 나는 일로 아는 그런 생활 습관이 너의 의식에 잠재하고 있어서 그렇다고 생각하지는 않느냐? 그런 잠재된 책임의식이 저절로 될까? 건전한 생활 습관에서 오는 잠재된 책임의식의 발상이라는 생각은 안 드냐? 사람은 주위환경에 지대한 영향을 받으면서 생활 습관에 따라 달라지는 동물인 것을 너도 잘 알고 있을 텐데, 그런 말을 하면 되겠냐?!

조그만 행실을 조심하지 않으면 큰 행위를 그르치고, 지극히

거룩한 어머니 유산

116

작은 일에 소홀한 자는 큰일에도 소홀히 하고, 지극히 작은 일에 충실한 자는 큰일에도 충실하다는 경서(經書)는 물론, 바늘 도둑 이 소 도둑 된다는 우리 속담 등은, 사람의 생활 습관에 따라 그 결과가 다르다는 것을 말하는 것이 아닐까?

하여튼 우리 집안은 대화의 교류가 순조롭지 못할 뿐만 아니라, 의사소통의 길이 막혀 있어서 이런 현상이 발생했다고 나는 생각하는데, 너희들 생각은 무엇인지 모르겠다. 어느 조직이든 의사소통의 정확도에 따라 성과가 다르기 때문에 조직원의 의사소통을 가장 중요시하지만, 불평불만이 많은 집단에서는 의사소통이 잘 안 되고 조직력을 제대로 발휘하지 못해 성과도 미약하다는데, 우리 가정에서도 명확한 의사소통이 안 되는 것은 너희들의 불만 때문에 의도적으로 행한 것은 아닌지 반성해보고, 그렇다면 그 불만 사항을 아버지에게도 알려 그 불만을 해소하고 가정 분위기가 개선되기를 바란다.

대전에서 살면서 2001년 추석명절 차례 때도 내 어머니의 올곧은 정신을 후손들이 계승 발전시켜주기를 바라는 뜻으로, 내가 어머니 묘를 이장하여 가족 납골묘로 하자고 했지. 그러니까 네 어머니와 너는 현재 그곳이 명소라고 이장을 마뜩잖아 했어. 하지만 나는 내가 세상을 떠나면 강원도 양구 방산 최북단에 모신 어머니 묘를 누가 찾아가기나 할까 매우 걱정되어, 곰곰이 생각한 결과 가족 납골묘라고 판단해서, 서울로 이주 후 여러 곳을 다녀보고 그 중 한 곳을 선택하려는 거야. 내 어머니의 즐풍목우한 짧은 생애를 생각하면 나는 지금도 마음이 저미어 애모(哀慕)

하는 마음이 깊어 눈물이 절로 나요.

　동일한 사물이나 일을 두고 사람마다 생각이 다르다만, 한 가족의 구성원은 같은 정서적 공감대가 형성되고 가치관이 공유되어야 한다는 것이 내 생각이었다. 하지만 가장인 아버지의 직업상 불가피하게 긴 세월을 어린 너희들과 떨어져 생활하다 보니 우리 가족의 정서적 공감대를 이루지 못했는데, 지금 와서 어찌하겠는가?! 아버지가 깨달았을 때는 이미 늦어, 너에겐 국가적인 상황이 아닌 이상 너는 너의 가족과 항상 같이 생활하라고 당부했던 거야.

　지금도 조상의 얼을 받들어 가문의 전통을 이어가는 가정에서는 새 며느리를 맞으면 시부모와 함께 최소한 3년은 생활하고 있어. 그것은 가족 간의 정서적 공감대를 형성하고 가치관을 공유하여, 자손 대대로 조상의 정신과 가문의 전통문화를 이어주려는 것이지, 새 며느리를 힘들게 하고 시집살이시키려고 하는 것이라고 나는 생각하지 않아. 그리고 인간관계에서 원칙과 도리를 무시하고 얻어진 많은 이득과 평안이 있더라도, 훗날에는 얼마나 큰 오류가 되는지, 역사를 배우고 세상이 돌아가는 것을 보고도 모른다면 그 사람을 현명한 사람이라고 할 수 있겠는가?! 가정불화의 원인을 원칙과 도리 때문이라는 너희들의 관점이 나오는 정반대이기 때문에 한 말이다. 앞으로는 이런 일이 없어야겠지만, 또 반복된다면 마음의 상처가 깊어져 나도 모르게 외면하고 멀어지는 게 자연적인 인간의 본능이니까, 그때는 어쩔 수 없지 않겠는가?!

하고 싶은 말은 많으나 솔직하게 표현하면 더 엎힐 것 같아 그만하고, 다음과 같이 잠언에 있는 경구(警句)로 모든 것을 대신하니 그 의미를 헤아려주기 바란다. "자식을 사랑하는 자는 근실히 징계하나 초달을 못 하는 자는 그 자식을 미워함이니라" 또 "지혜로운 자식은 아비 훈계를 달게 받아 자기의 영혼을 맑게 하나, 어리석은 자식은 아비 훈계를 싫어하고 자기 영혼을 경이 여겨 흐리게 하니라." 이 말씀이 오늘 날에는 맞지 않는다고 생각할지는 모르겠으나, 나는 100% 맞는 말씀이라고 믿고 있다. 왜냐면 자연과학 분야에서는 수재가 있을 수 있어도, 사회과학 분야에서는 다양하고 많은 세월의 경험과 경륜이 있어야 알 수 있기 때문에 그렇다고 생각한다. 잘 지내라!

2004년 5월 14일

아버지가

진성(珍聖)이에게
-미국에 거주하는 이복동생-

 보내준 메일은 잘 읽어보았다. 이미 널리 알려진 것처럼, 그러니까 칭기즈칸이라고 하겠지! 일체유심조(一切唯心造)라는 불경(佛經)의 말과 같이 모든 것은 내 마음이 만드는 것이라고 하지 않는가?! 대다수 사람들이 잘나갈 때는 자신의 능력인 양 뽐내다가도, 잘 안 되고 생활이 곤고(困苦)하고 견디기 어려울 때는 재수 없다 하거나 하늘 또는 조상을 원망하는 등, 자기 반성은 없고 핑계·변명 등 남의 탓으로만 돌리지.

물론 시운(時運)과 주변 환경의 역학관계에서 비롯된 불운(不運)일 수도 있겠지만, 철이 든 성숙한 사람이라면 자기 자신의 냉철한 성찰과 참회를 통한 원인 제거의 근본적인 조치를 스스로 강구할 것이다.

그러므로 인생 성공의 길은 하늘이 내려준 양심과 도의(道義)를 싹 틔우고, 그것을 꽃피워 결실을 맺어야 할 책임은 오로지 자기 자신에게 있다는 것을 깨닫고 실천하는 자가 진실한 인생의 승리자가 아닐까?! 아무쪼록 인생의 승리자가 되어 하늘이 기뻐하는 진성이가 되기를 진심으로 간절히 바라고 기원하마. 안녕!

2004년 7월 24일, 이대위 글

거룩한 어머니 유산

칭기즈칸 어록

-1155년경으로 추정-

집안이 가난하다고 불평불만하지 말라.

나는 아홉 살에 아버지를 잃고 마을에서 쫓겨나

들판에서 쥐를 잡아먹으며 연명했다.

배운 것이 없다고 부끄럽게 생각하지 말라.

나는 내 이름도 쓸 줄 몰랐다.

그러나 사람들 언행에서 지혜를 배웠다.

일가친척 가족이 없다고 좌절하지 말라.

나는 고아였기에 생존력이 강했고

목숨 건 싸움에서 승리할 수 있었다.

너무 막막하고 힘들다고 포기하지 말라.

나는 포로로 잡혀 죽도록 고문을 당했고

탈출하다 뺨에 화살을 맞아 죽었다가 살아났다.

작은 나라에서 태어났다고 위축되지 말라.

나는 확실한 목표와 강한 의지로 나라를 다스렸기에

세계를 정복할 수 있었다.

무서운 적은 밖에 있는 것이 아니라 내 안에 있었으니

나는 나를 극복하는 순간 칭기즈 칸이 되었다.

-몽골제국 건국자(재위 1206-1227) 성길사한(成吉思汗)

가정교육의
으뜸

  너의 가족이 조국을 떠나 그곳 영국으로 간 지
벌써 보름이 지났구나. 여기는 조석으로 서늘한
초가을인데, 그곳은 여기보다 더 쌀쌀한 늦가을 날씨겠지? 날씨
변화에 따라 가족 건강관리에 관심 가지고 잘 대비해라.

그간에 여기 서울 집에는 미국 LA에서 거주하는 내 외사촌 여
동생들이 다녀갔단다. 내가 사는 쾌적한 생활환경의 모습을 보
고 좋아하며 기뻐하기에, 다음부터 한국에 오면 여기서 지내라고
했더니 그러겠다고 하더라.

그래, 너희들은 그곳에서 잘 적응하고 생활하고 있는지? 네가
밤잠 못 자며 애써 만든 유학 교육의 기회를 효율적으로 활용하
여, 너와 더불어 가족 모두 영국에서 생활하는 2년 동안 교육의
호기를 최대한 활용하기 바란다.

어멈은 자신의 전공을 살려 영어회화를 능통하게 구사할 수 있
는 절호의 기회이고, 주현은 기초를 다지는 좋은 기회가 되기를
나는 기대하고 있단다. 그리고 어떤 일에서도 네 처가 한 것이 못
마땅하고 부족하게 느끼더라도, 너는 말하지 말고 네가 직접 솔
선하기를 바란다. 말하거나 짜증을 내면 그것이 가정 분위기와

어린아이에게 파급되는 영향이 크다는 것을 나는 미처 알지 못하여 이르는 말이니, 꼭 실천하기 바란다. 아이들 앞에서 부부의 대화는 항상 명랑하고 화목한 가정환경 분위기를 조성해야 아이들이 명랑하고 밝게 긍정적으로 자랄 수 있다. 그렇기 때문에 가정교육의 으뜸은 하나도 둘도 부모의 화목하고 명랑한 생활 모습이란 것을 늘 명심하고, 반드시 실행해야 한다.

내 자손들에게는 다시는 부모로 인하여 쓰라린 고통을 당하는 일이 없기를 하늘에 빌고 빌며, 가문의 번성을 간절히 바라고 있음을 아범도 알고 있을 것이니, 늘 화목하고 즐거운 생활 이루기를 간절히 바란다.

아무쪼록 가족 모두 건강하게 생활하면서 많은 것을 배우고 깨우쳐 국가 발전에 공헌하여, 온유·겸손한 공로자가 되기를 기원한다. 모두 잘 지내라.

2004년 10월 16일

아버지가

교육의 호기를
잘 활용해라

 그동안 영국 환경에 잘 적응하고 가족 모두 잘 지
내고 있냐? 나는 요즘도 내가 가지고 있는 모든
서적과 기록들을 꼼꼼히 살펴보면서, 보존하고 이용할 만한 자료
들을 찾아 공부하며 수집하느라 시간 가는 줄 모르고 있고, 네 어
머니는 여전히 대전에서 선화와 함께 생활하고 있고, 시간 가는
줄 모르고 내가 하는 일에 집중하면서도, 한편은 너희들 가족의
안녕과 행복한 생활을 기원하고 있단다. 한국 초등교육에 연속하
여 그곳 학교(Lord Deramore's Primary School)에서도 잘 적응하며 생
활하고 있는지 매우 궁금하고 염려하기도 하지.

일생을 4계절에 비유하면 주현이는 지금 만물이 소생하는 이
른 봄철에 해당하는 시기라 어멈이 잘 돌보겠지만, 아범이 더욱
세심히 관찰하고 보살피며 지도해주기를 나는 바란다. 어린아이
에게 미치는 영향은 아버지와 어머니가 다르니까! 무엇을 배우고
느끼며 깨우치고 의문을 갖고 있는지를 틈틈이 점검하면서, 부자
지간에 친밀한 교류가 되도록 어릴 때부터 습성을 길러야 커서도
부자유친(父子有親) 관계가 원활할 것이니, 반드시 그렇게 하기 바
란다.

거룩한 어머니 유산

아이가 자신의 생각을 자유롭게 표현할 수 있도록 환경과 분위기를 만들고, 꾸밈없는 정직한 심성과 자신이 할 일은 자기가 책임지고 기필코 완수하도록 자립성을 길러야 훗날 네가 노년이 되어서도 안심하게 될 거다.

아무쪼록 아범이 공들여 만든 영국 유학의 기회를 가족 모두 시너지(Synergy) 효과가 나도록 효율적으로 최대한 잘 활용하여 좋은 결과가 있기를 바란다.

2004년 10월 31일

아버지가

장손의 편지를
받아보고

가족 모두 즐겁게 잘 지내고 있냐? 둘째 주헌이 건강은 어떠냐? 어린아이 감기는 예사로 생각하면 안 되니 주의 깊게 잘 살펴라. 그곳 기후 탓도 있겠지만 어린 아이 건강은 부모 역할과 책임이 더 커.

장손 주헌이가 보내준 편지와 그림은 어제 반갑게 받아봤다. 그 나이에 벌써 편지를 쓰다니 대견하고 장하군. 주헌이는 대전에서 조부모와 살면서 어린이집에 다닐 때도 하나를 알면 다른 것에 응용할 줄 아는 영리한 아이야.

어느 날은 어린이 집에 다녀와서 에그몬이라는 달걀 모양의 과자를 사달라고 해서 함께 동네 가게에서 사주었지. 그랬더니 집에 와서 그 과자 속에 있는 오밀조밀한 부품들을 그림 설명을 보면서 완벽하게 조립하는 것을 보고 나는 놀랐어.

그 과자 속에는 과자마다 각종 형태의 조립 부품들이 설명 그림과 함께 들어 있더군. 어린이집에 다녀오면 그 과자를 종종 사주었는데, 4살도 안 된 어린아이가 그런 것을 조립해 만드는 지능이 있다는 것은 예사가 아니지.

거룩한 어머니 유산

그리고 어린이집에 다녀오면 다시 말할 필요도 없이 스스로 자기 꼬꼬마 텔레토비 책상에 앉아, 이미 할아버지가 정해준 일일 공부 양을, 그날의 한글과 셈 공부를 마치고, 나에게 허락을 받아 동네 어린이 놀이터에서 놀다가 틀림없이 집에 돌아왔지. 그렇게 규칙적인 생활에 익숙한 영리하고 귀여운 모범적인 아이야. 뿐만 아니라 어린이집에서 배웠는지, 자신이 가지고 놀던 장난감이나 입었던 옷을 사용 후에 정리하여 보관하는 생활을 곧잘 했었는데, 2002년 9월 용산 너의 집으로 가서는 그런 모습이 없어 아쉬움이 많아.

어린 아이들은 생활 주변환경과 부모의 생활 모습이 그대로 반사되어 자신도 모르게 배우고 닮지. 천자문(千字文)에도 외수부훈 입봉모의(外受傅訓 入奉母儀)라 하여, 밖에서는 스승의 가르침을 받고, 집에 와서는 어머니의 거동을 받들고 배운다 했으니, 부모의 생활은 자식들에게 모범이 되어야 해.

우리나라가 1970년대만 해도 공업 수준이 서투르고 낮아 마이크로미터(Micrometer)를 겨우 해결했었는데, 지금은 나노미터 (Nanometer)도 능히 해결하는 초정밀 첨단 과학기술 시대에 우리가 살고 있어. 그만큼 사람의 생활도 오차를 불허하는 정확성을 요구하는 시대라고 나는 생각해. 과학기술뿐만 아니라 모든 분야가 눈부시게 발전했는데도, 우리 생활 모습은 불결하고 부정확·부정직하게 산다면, 남녀노소, 지위 고하, 학벌, 빈부를 불문하고 고루한 구시대 사람이지.

아무쪼록 너희 부부의 생활 모습이 어린아이들에게 좋은 생활 습관으로 승화(昇華)되도록 잘 받쳐주기를 바란다. 그리고 오늘 주현에게 우편으로 답장을 보냈으니, 편지 내용을 잘 이해하는지 확인해주기 바란다. 잘 지내라.

2004년 11월 24일

아버지가

528km의 강행군

영국 생활도 4개월이 지났으니 이제는 가족 모두 잘 적응되었겠지?! 오늘은 날씨가 우중충하더니 창밖에는 눈이 내리고 있어. 지난날 아버지가 오늘과 같은 날씨에 보병학교에서 유격훈련을 받던 시절이 생각나는군.

아범이 태어나던 날은 유격훈련 중 가장 힘겨운 도피·탈출 과정을 마친 후, 꽁꽁 얼어붙은 강물을 깨내고 네펠을 타고 차디찬 강물에 뛰어든 날이지. 이 과정은 유격훈련 마지막 과정으로, 올빼미(유격훈련생)가 눈 뜨는 날이라고도 하는데, 나에겐 특별히 기억되는 날이야. 면도날로 맨살을 째는 것 같은 아픔과 강추위를 이겨내며 하강훈련을 받던 그 시절이 지금은 아름다운 추억으로만 기억되는군. 훈련을 마치고 부대로 복귀하니 나의 첫 아들이 탄생했다는 편지를 받아보고 무거운 책임감과 각오를 느꼈지. 그 기분 지금도 못 잊어.

우리나라에서도 특별한 부모들은 자신의 어린 자녀를 일부러 악전고투의 행군훈련에 참가시켜 심신을 단련시키더군. 그 훈련 과정을 TV에서 보고 나는 엄청 큰 충격을 신선하게 받아 며칠 전에 아범에게 전화로도 말했었지! 제주도 남단 마라도에서 경기도 파주 최북단 임진각까지 장장 528km를 17박 18일 동안 1일

30km 이상을 도보로 강행군시키는 부모들이 한국에 있다는 사실에 나는 무척 놀랐어. 초등학교 2학년생부터 중학교 3학년생까지 70명(대다수 초등생) 남녀 어린이들이 발에 물집이 생기고 터지고 입술이 트고 무릎이 깨져도, 전등도 없이 야간에 산길로 등반하는 모습은 참으로 충격적이더라. 잠자리는 빈 주차장이나 노상 또는 공터에서 한뎃잠으로 수면을 취하고, 식사는 야외에서 초라하게 해결하면서 강행군을 시키는 한국 소년탐험대장의 리더십에 또 한 번 놀랐지. 장정한 청년들도 이끌어가기가 어렵고 힘든데, 떼쓰며 어리광 부리고 투정 부리는 남녀 어린이들을 잘 타이르고 인도하는 모습에 놀라지 않을 수가 없더군. 이러한 강행군 훈련 행사에 부모들이 어린 자녀를 참가시키고 있다는 것은 대한민국 미래가 밝다는 증거야. 어머니가 강해야 나라가 강하다는 교훈처럼 대다수 남녀 어린이들이 어머니에게 떠밀려 참가했다니, 대단히 좋은 현상이 아니냐?!

아범은 어려서부터 자신이 할 일은 스스로 잘 처리했을 뿐만 아니라, 초중고 대학 16년간 학창시절 학업성적도 우수한 모범학생이었으니, 너와 같이 아범의 두 아들도 각별히 관심을 가지고 잘 지도해주리라 생각한다. 이 땅이 영원히 존재하는 것처럼 내 자손도 세세손손 번성하며 인류공영에 이바지하기를 바라는 마음 누구보다 더 나는 강하다. 그렇기에 손자들도 어려서부터 자신의 책무와 역할을 스스로 완수하는 습성을 육성시켜야 함을 잊지 말고 지도해야 한다. 자신의 책무와 역할은 망각하고 개인의 평안과 권익만을 위하는 몰염치한 사람이 다시는 나의 후손에서 부모나 자식으로 있어서는 절대 안 된다는 것이 내가 오래 전부터 갈망한 간절한 소망이기 때문이다.

　많은 비행 소년소녀들을 20여 년간 상담한 한국 청소년 상담소 장은 자식을 과잉보호하며 자식 중심으로 생활하는 부모가 세상에서 제일 나쁜 부모라고 TV강의에서 거듭거듭 강조하더군. 잘 살펴보고 헤아려봐라.

2005년 1월 31일

아버지가

훌륭한
가정문화 창달

 그동안 낯선 영국에서 아범과 아이들 뒷바라지
하며 살림하느라 얼마나 수고가 많으냐? 서울 날
씨가 어제는 우중충하고 눈이 내렸는데, 오늘은 쾌청한 날씨다.
그래도 영하 10도를 웃도는 날씨라 밖에는 무척 춥단다.
천지우주만물음양섭리의 축소판인 가정은 아내의 역할과 살림
솜씨에 따라 가정문화가 천차만별로 이뤄진다는 것을 어멈도 잘
알고 있으리라 믿는다.

우리 집안은 자랑할 만한 가정문화가 없다는 것을 알고 있겠지
만, 그것은 부부가 합심해야 되는 일이고, 남편보다 아내의 몫과
역할이 더 크고 중요하다는 것을 어멈은 잘 알고 있으리라 생각
한다. 어떤 경우든 어멈은 아범을 중심으로 하고 교류소통하며
화합 합심하고, 가족 간에 공감대를 넓혀가면서 각자의 책무와
역할을 다하는 아름답고 훌륭한 가정문화가 뿌리내려져 자손 대
대로 굳건히 창달되기를 나는 간절히 바라고 기대하고 있단다.

가족 구성원 누구든 각자의 책임과 역할을 소홀히 하면 가정
의 평화와 행복은 기대할 수 없고 불화와 갈등의 요인이 되기 때
문에 자라나는 두 아들에게도 이 점을 어려서부터 깨우쳐주고

각인시켜, 자신의 할 일에 대한 책임과 역할을 어멈이 해주거나 거들어주지 말고, 반드시 자기 자신이 완수하도록 습성을 길러주어야 한다. 그래야만 자립심이 강한 사람이 되는 거다. 또한 어멈의 생활 모습도 아이들이 보고 느끼고 따를 수 있도록 솔선수범하여 전공을 살리는 영어공부는 물론 기타 공부하는 어멈의 모습은 아이들에게 귀감이 될 것이다. 꾸준히 공부하고 실천한다는 것은 사람의 생활을 윤택하게 하고 사고력과 지혜를 높여주는 것이니, 바쁜 살림살이라도 틈틈이 끊임없이 노력하기를 바라고, 또 그리리라 믿는다.

아무쪼록 고귀한 가치의 가정문화가 굳건히 뿌리내려지고, 자손 대대로 창달되도록 어멈의 역할과 활동을 기대하마. 모두 몸 성히 잘 지내라.

2005년 2월 1일

시부(媤父)가

부(富)의 본(本)
근검절약

 내 또래 사람들은 6.25 한국동란 이후 극빈한 나라 환경에서 굶주림과 추위에 허덕였다. 그러나 다음 세대에는 가난을 물려주지 말자는 새 정부 정책에 따라 온 국민이 피땀 흘려 일하고 노력했다. 그것은 마땅히 해야 할 우리 세대의 책무요 역할이었지. 하지만 현세의 부모들은 자녀의 윤택한 미래를 위한다며 자식 교육에 대한 관심과 열의가 너무 지나쳐, 지식습득 위주의 삐뚤어진 교육 과열로 인하여 인성이 부족하고 예의 없는 젊은이들이 많아, 사회 현상이 혼란스럽다. 거듭 강조하지만, 자식 교육의 최우선 전제조건은 아범과 어멈이 늘 상경여빈(相敬如賓)의 자세로 화목한 생활 모습을 보여야 한다는 것이다. 그래야 아이들도 부모를 존경하고 행실을 본받아 좋은 인성을 갖추게 되니 꼭 실행하기 바란다.

그리고 어느 분야의 교육 못지않게 중요한 것은 어릴 때부터 근검절약(勤儉節約)하는 생활이 습성화돼야 한다는 것이니, 너희 부부가 솔선수범해야 한다. 옛 말에도 대부(大富)는 유천(由天)이요 소부(小富)는 유근(由勤)이라, 큰 부자는 하늘에 달려 있고 작은 부자는 근검절약에 달려 있다 했다. 또 성가지아(成家之兒)는 석분

여금(惜糞如金)이요 패가지아(敗家之兒)는 용금여분(用金如糞)이라 하여, 가정을 이룰 아이는 인분(옛날엔 유일한 비료)도 금같이 아끼지만, 가정을 망칠 아이는 금같이 귀한 물품도 하찮게 사용한다고 했단다. 이같이 근검절약은 부의 근본이니, 어릴 때부터 학용품이나 소소한 물품이라도 어떻게 사용하고 관리해야 옳은지 아껴 쓰는 생활이 몸에 배도록 익숙해야 잘살 수 있다는 것을 반드시 습관화시켜야 한다.

　지극히 작은 것에 소홀히 하는 자는 큰 것에도 소홀히 하고, 지극히 작은 것에도 충실한 자는 큰 것에도 충실히 한다는 경서의 말씀을 늘 염두에 두고, 아범은 두 아들을 어릴 때부터 근검절약을 습성화시키기를 거듭 당부한다. 아무쪼록 가족 모두 건강에 유의하고, 아범은 전공 학업에 열중하여 좋은 성과가 있기를 기대한다. 잘 지내라.

2005년 2월 5일

아버지가

친동생
훈석 아버지에게

훈석이 피로연 결과 후속 처리는 잘되었냐? 너의 가정 모든 일이 순조롭게 잘되고, 네 아들 훈석과 지영이가 하나님 뜻에 따라 모범적인 행복한 가정 이루기를 진심으로 바란다. 나는 지난 달 25일 훈석이 피로연 참석 이후 지금까지 갖가지 상념(想念)이 떠오르는구나. 다각도로 생각해보니 만나는 것보다 글로써 내 마음을 표현하는 것이 더 정확하게 전달할 수 있다고 판단되어 이렇게 편지를 쓰고 있다.

너와 나는 세상에 둘도 없는 친형제면서도, 그저 알고만 지내는 사람처럼 서로가 다른 의식구조(意識構造)를 갖고 있음을 이번 피로연 결과 확실하게 확인할 수 있었다. 그러다 보니 내 마음이 편안하지 않고 기분이 대단히 나쁘고 언짢아서 울적해. 사람이 살아가는 데 제일 중요한 것은 가식 없는 진실한 대화이고, 그 다음이 물질이 오가는 참된 교류 관계라고 나는 생각한다. 그런데 이번 너의 무례한 언동을 당하고 보니, 그동안 너와의 관계는 내 마음의 뜻은 안 가고 물질만 가버린 겉치레 형제로만 지내왔구나 하는 생각이 들어 몹시 쓸쓸한 기분이야.

말 한마디 잘하면 천냥 빚도 갚을 수 있지만 잘못한 말 한마디는 살인도 난다는 것처럼, 인간 생활에서 대화의 중요성은 너도 환갑이 되었으니 잘 알고 있을 텐데… 이유가 있겠지만 그래도 그런 못된 언동을 하면 되겠는가! 훈석이 피로연 중에 있었던 반포교회 목회자 축사 내용에 대하여 너의 견해를 알고 싶어 묻는데, 짜증내며 언성 높여 네 말만 하고 일방적으로 전화기를 쾅! 끊다니… 도저히 이해가 안 되고 그 후에도 일어반구(一言半句)도 없으니, 네가 혈통이 같은 내 친동생인지 매우 고약하고 괘씸하구나.

"신랑은 이요한 목사 장자의 장손이요 3대가 목회를 하고 있다"는 음국배 교회장 축사 내용이 문제가 아니라, 그 후 너의 처사가 문제야. '친동생이 이럴 수가 있을까?' 하는 배은망덕한 언행에 배신감이 들어 몹시 불쾌하기만 해. 만일 나에게 이러한 경우가 있었다면 양가부모 인사 시간에 잘못한 축사 내용을 피로연 참석자들에게 정정하는 말을 반드시 했을 것이야. 하지만 너는 그냥 덤덤히 예사롭게 넘어가는 것을 보고, 아버지 각본에 따라 네가 연출하고 음국배 교회장이 실행한 것이라고 나는 추정해. 이번뿐만 아니라 아버지와 교류가 있던 지난 10여 년 동안 이와 유사한 일이 있을 때마다 심히 불쾌했지만, 아버지의 별난 성향으로 인식하고 그냥 넘어가곤 했었는데, 이번 일은 너의 무례한 언동이 나에게 깊은 상처를 남겨 몹시 분하고 괘씸해!

1995년 내가 창원에서 적자회사를 맡아 극심한 경영의 어려움을 겪는 중인데도, 그것도 제조회사 대표이사라고, 아버지가 어느 날 부인을 동반하고 회사에 오셨지. 그래서 곤혹스러움을 겪으며 회사를 경영한다는 설명과 함께 회사 현장도 보셨고, 자금난으로 회사 소유 사장 주택은 전세를 주고 외딴 골방에서 지내는 초라한 내 주거 환경도 보셨는데, 기대하신 바에 어긋나서 그러신지 격려 말씀 한마디도 없이 그냥 가셨지. 그런데도 네가 승용차를 구입하고 싶어 도움을 요청하기에 차마 거절 못 하고 내 월급에서 매달 20% 이상을 송금해준 이 형의 마음을 조금이라도 알고 이해했다면 그럴 수 없는 거야. 그뿐 아니라 내 딴엔 하나뿐인 친동생이라 나와 내 처가 합심하여 물심양면으로 도움을 주려고 애쓰며 지원했었는데, 그 선의가 헛된 것이었다는 것을 알았으니 허탈감이 이루 말할 수 없어 괘씸하고 분해 밤잠을 못 이뤄!

나는 지금까지 살면서 내 의식구조 형성에 지대한 영향을 주신 어머니의 은공과 누구든지 노력하면 잘살 수 있도록 천지 우주 만물을 창조하신 하나님에게 늘 감사하면서 살아가고 있는데, 그 근본정신은 어머니가 교시(教示)하신 대로 정직·근면·성실하고 감사할 줄 알아야 한다는 것이야. 극빈한 생활에도 성의를 다하여 교회에 헌금하시던 모습과, 사정이 딱한 사람을 보시면 외면하지 않으시고 흔쾌히 도와주시던 어머니의 생활 모습처럼, 나도 그렇게 살아가려고 주경야독의 힘든 고교시절 장학금도 문선명 선생 생신 헌금모금에 기꺼이 드렸고(1961년 영수증 52호: 8,000환 영수인 문승균), 중고교 시절엔 온갖 고난(苦難)을 겪으며 전국 각지 하계 농촌계몽 전도 활동에도 참여했었어. 또 정기 헌금은 물론 수시 헌금도 주저함이 없었고, 군에서도 어떠한 임무든 죽을 고비를 무릅쓰고 솔선 완수하여 상사로부터 인정받았었지. 그것은 다 어머니의 생활 모습에서 습득한 잠재의식의 발로(發露)야.

그러나 내가 교회를 안 다니게 된 것은 목회자의 성향과 교회 분위기가 옛날과는 많이 다르게 변했기 때문이야. 목회자의 그릇된 헌금 운용과 생활 모습으로 예배 분위기는 싸늘하고, 내세(來世)보다 현세(現世)의 재물과 외형을 중시하는 목회자의 인식과 모금(募金)을 위한 집회로 변질된 교회는 더 이상 은혜와 성령의 장소가 아니라, 염량세태(炎凉世態)와 시류에 따르는 집단에 불과해. 예배 시마다 참사랑 실천을 늘 외치며 설교하지만, 축복의 실체가 없는 허구 집단이 진정한 종교라고 볼 수 있냐?!. 목회자나 축복받았다는 중심 교인들이 축복의 의미도 모르고 이기적 성향을 보이니, 그런 교회를 왜 다니겠는가?! 축복이란 하늘로부터 받은 은혜와 복을 이웃에게 베풀고 나누는 참사랑이 아니겠는가?!

진실한 목회자와 중심 교인이라면 비천한 자리에도 스스로 갈 줄 알아야 하고, 참종교라면 인류 만민의 행복과 평화를 위해 서슴없이 회생 봉사해야 함은 당연한 처사이지. 그런데 경제력이나 사회적 지위나 그들 안목에 마음에 드는 사람 편에만 있다면, 그런 사람이 무슨 목회자요 교인이요 종교란 말인가?!

내 어머니처럼 늘 변함없이 정도예의를 지키며 수처작주(隨處作主) 자세로 참사랑을 실천하며 살아가는 의인은 종교인이 아니라도 세상에 많다는 것을 알아야 해. 이런 사람들은 편당편중하지 않고 항상 진실과 함께 의로운 생활을 기뻐하며, 오로지 정의의 길을 택하여 빛도 이름도 없이 살아가고 있어.

너도 알고 있겠지만 아버지는 6.25 발발 며칠 전 처자식을 버리고 가출하여 생활하시다가, 1961년 5월 재혼 후에도 우리를 귀찮게 여겨 외면하시고 교류가 별로 없어 남남 같았기에 생각지도 않았어. 그런데 어느 휴일 아침 불현듯 노년의 아버지가 우리 집을 어떻게 알고 찾아오셨는지, 관계를 원하시기에 나도 마음을 열고 생각을 바꾸어 자식의 도리를 다하려고 애썼던 거야. 그래서 아버지 같지 않은 아버지지만, 아버지 부인 회갑 때는 뜻과 성의를 다했었고, 내 처자식에게는 한 번도 먹여보지 못한 비싼 보약도 두 분과 너에게도 지어주었지. 그리고 어느 해 설에는 자손들 세뱃돈으로 쓰시라고 내 월급의 20% 정도를 신권(新券)으로 준비하여 드려도 보았지만, 내 생활이 풍족하여 그러는 줄 아셨는지, 여러 번 은연중 도움을 바라는 듯한 의미의 말씀에 착잡했어. 하지만 난 아무 말 않고 인내하면서 성의를 다하여 아버지가 원하시는 대로 충북 제천이며 수안보 와이키키, 문경, 대구, 청평 등 아버지 추억의 여러 지역을 내 승용차로 모시고 다니면서 편안하게 해드렸던 거야.

그러나 아버지는 과천 45평 아파트에서 부인과 두 분만 사시는 충분한 생활공간과 여건인데도, 내 장남이 과천 중앙공무원 교육원 연수 때 도보 10분 이내 거리의 할아버지 집에서 왕래하려고 했는데, 그 기간 동안 잠만 자는 것도 허용하지 않는 자기 부인 말을 바로 면전에서 들으시고도 외면만 하시다니, 어떤 조상이 그런단 말인가?! 분통터지는 오호애재한 그 기분 너는 모를 거다. 천륜을 배척하시다니, 천인공노할 괄시 천대, 비통하지만 어찌하겠는가! 내가 받은 괄시 천대는 덮었지만, 내 아들까지 괄시 당하니 나는 더욱 분개(憤慨)하여 더 이상 아버지를 잘 대하려는 마음이 자연히 없어지더군.

아버지와 교류가 있던 지난 10여 년 동안 나는 여유가 있어서가 아니라, 몹시 괴롭고 아팠던 과거사는 잊으려야 잊을 수 없지만, 가족 간의 화목을 회복하기 위해 뼈아픈 과거사는 덮고 성의를 다하여 아버지와 그 식구들을 대해온 것이었어. 그런데 아버지는 자신의 편의만 생각하고 핏줄도 모르고 내치며 외면하시는, 정말 정떨어지는 별난 성품의 이기적인 분이야. 나는 내 역할을 다하려고 노력했었지만, 자신의 역할도 안 하시면서 꽃길로만 가시길 바라시는 아버지는 물론 그의 부인을 직접 가르치고 탓할 수도 없고, 대들고 따질 수도 없고 머슴같이 굴종(屈從)할 수도 없으니, 자연히 멀리할 수밖에 없지 않은가?!

나는 내가 앞으로 해야 할 일을 준비하려면 아직도 멀었지만, 그 목표 달성을 위해 골똘히 연구하고 꾸준히 실천할 것이야. 그 일은 어머니 넋을 기리기 위해 행적을 남기는 것인데 내 살아생전 기필코 완수해야 돼. 그 일만 하도록 내 주위 여건과 환경이 호락호락하지는 않겠지만, 어떻게 해서든 어머니의 짧은 생애가 말하는 교훈과 행적을 반드시 기록으로 남겨 내 자손들에게 올곧은 삶의 방향을 제시하여, 후손들의 창성과 인류공영에 이바지하기를 바라는 마음이 어느 누구보다 더 강하고 간절해!

인류 역사와 문화는 긍정적으로 봉사 헌신하고 피땀 어린 노력으로 희생한 사람들 때문에 발전해왔듯이, 나 또한 어머니의 생활 모습과 희생 덕분으로 오늘의 내가 존재하기 때문에, 어머니가 이 땅에서 어떻게 사셨는지 그분의 생활 철학과 공덕(功德)을 나의 자손들에게 알려주고 전수(傳授)시켜, 그 정신을 자손 대대로 계승 발전시켜 실천해주기를 간곡히 바라고 있어.

하나님이 천지 우주만물을 창조하시고 인간을 맨 나중에 창조하신 것은 만물을 대상으로 인간 스스로 창의력을 발휘하여 연구 노력하고 만물을 주관하며 살라고 하신 뜻이야. 노력의 대가도 없이 그냥 공짜로 주시는 재화(財貨)는 없다는 것을 알아야해. 내가 왜 이런 글을 너에게 전하는지 알겠냐? 그래서 하늘은 스스로 돕는 자를 돕는다는 말이 있는 거야.

사람이 어느 조직체에 있든, 자신의 이득과 체면보다는 조직 전체의 발전을 위해 자신을 희생하면서 노력하는 사람이 참된 큰 사람이고, 하나님이 바라시는 사람다운 사람이야. 내가 이런 말을 안 해도 너는 잘 알고 있겠지만, 실천이 문제지. 알고만 있다고 해서 되는 일은 하나도 없으니까!

지금은 첨단과학 시대라 모든 분야마다 박식한 지식인은 많아도, 공익을 위해 참된 희생을 실천하는 의인은 쉽게 볼 수없는 것도 자신의 체면과 위신과 자존심을 앞세우며 자기 이득을 취하는 사람이 많다는 증거겠지. 우리는 사람이라 실수와 결례도 할 수 있으나, 실수 결례하고도 반성과 개선의 여지가 없는 사람은 자신의 위신과 체면 때문에 도덕적 용기가 없어 스스로 자멸할 사람들이지. 자기 잘못을 뉘우쳐 사과하고 개선하는 사람은 진정 용기 있는 도덕심이 강한 사람이라 하늘의 보호를 받을 수 있는 거야.

　도덕심이 높고 강한 사람은 잘 살도록 하늘이 보호하고 돕지만, 도덕심이 없고 약한 사람은 당장은 잘 사는 것같이 보여도, 훗날에 가서는 잘못되는 것을 나는 많이 봐서 확실히 알고 있어. 그래서 성경에도 죽고자 하는 자는 살고 살고자 하는 자는 죽는다고 했고, 성웅(聖雄) 이순신 장군도 필사즉생(必死則生)이요 필생즉사(必生則死)라고 같은 말씀을 하셨다고 나는 해석해.

　이 달 24일은 네가 회갑을 맞이하는 날이군. 축하한다. 회갑은 무슨 말을 들어도 노(怒)하지 않는다는 이순(耳順)의 나이이니, 이 글을 보고 기분 나쁘게 생각하지 마라. 솔직한 내 생각을 쓴 것이니까, 너의 견해와 같지 않다고 대들지 말고, 동생답게 네 소견을 전해주면 고맙겠다. 그러나 묵묵부답이거나 또 버릇없이 언성 높이며 대들면 나는 너를 더 이상 상대하지 않을 생각이니 그리 알거라. 나에겐 그런 동생은 없으니까!

　이제 너도 며느리를 보았으니 너의 후손 대대로 자랑스러운 조상이 되기를 바라고, 네 가정에 하나님의 축복과 사랑이 항상 충만하기를 기원하면서 이만 줄인다. 몸성히 잘 지내라.

2005년 3월 3일

잠 못 이루는 밤에

인간 지능계발
이론 요약

 가족 모두 로마여행 즐겁게 잘 다녀왔다니 반갑
다. 유학공부 기간 중 여가를 이용하여 가족을
대동하고 즐겁게 여행하면서 아이들에게 관광을 통한 시각 교육
을 만들어가는 아범의 모습에 찬사를 보낸다. 아름다운 추억과
생생한 관광 교육의 효과가 많이 있었을 것으로 생각한다. 백문
불여일견(百聞不如一見)이라고 했으니 말이다.

사람에게는 8가지 지능이 있다는데, 이러한 지능을 어릴 때부터
관심을 가지고 어린 아이들을 관찰하면서 지도 육성하면 효과를
기대할 수 있다는 전문학자의 다중지능 이론 핵심을 발췌하여
알리니 참고하여 활용해보아라.

1. 언어 지능: 의성어 의태어를 많이 사용하고 아이들 말에 성실히 응답하라.

    예) '우리 알록달록 새콤달콤 맛있는 딸기 먹자'라고 리듬감을 실어라.

2. 논리적 수학 지능: 분류와 비교 개념을 심어주어라.

    예) '지금 이 엘리베이터 안에는 남자 두 명, 여자 세 명이 탔구나' 하는 분류와 비교 개
    념의 수학 지능을 심어주어라.

3. 시간·공간 지능: 아이와 함께 집안 곳곳을 정리정돈하고 청소하라.

　　예) 장난감 사용 후 제자리에 놓기. 잠자리 정리, 상 치우기, 설거지 등.

4. 자연탐구 지능: 산과 바다 등 자연과 접할 수 있는 기회를 자주 갖고, 흙·물·풀·나무 등을 만져보고 관찰하여 무엇을 느꼈는지 알아보라.

5. 신체운동 지능: 아빠와 엄마와 함께 활동하라.

　　예) 집안일, 주방일, 상차리기 같이하기, 부모와 함께 운동하기 등

6. 개인이해 지능: 늘 칭찬을 하면서도 잘못은 반드시 지적하여 뉘우치게 하라.

　　예) 모든 약속은 반드시 이행하고, 아이와 관련된 일은 아이 의견을 물어, 그 의견이 옳다면 따르되 옳지 않다면 설명하고 설득·이해시켜라.

　　＊ 자기 의견과 주장을 정확히 표현하는 개인이해 지능은 모든 지능의 기본.

7. 대인관계 지능: 사람과 만나는 기회와 인사하는 요령을 알려주어라.

　　예) '안녕하세요. 고맙습니다. 미안합니다. 잘못했습니다. 잘하겠습니다'라는 말을 현재 상황과 위치에 맞도록 적시에 하는 습관을 갖게 하라.

8. 음악 지능: 클래식 동요와 함께 생활 속에서 소리를 자주 듣게 하라.

　　예) 초인종 교회 종소리, 세탁기 소리, 새소리. 물소리, 바람소리, 동물소리 등.

위의 내용은 하버드 대학교 교육심리학자 가드너 교수의 다중 지능 요령을 요약한 것이다. 이상의 8가지 지능을 어릴 때부터 골고루 자극하며 양육하면 어느 한편에 편중되지 않고 모두 계발할 수 있다고 하니, 아범도 어멈과 협의하여 시행해보렴. 가족 모두 건강하고 즐거운 생활 되기를 바란다.

2005년 3월 26일

아버지가

아범 어멈에게

너희들 영국 유학생활 벌써 1년의 세월이 지났
구나. 우리가 그곳을 다녀온 후 너희들과 손자
들 별일 없이 잘 지내고 있냐? 오늘 주헌이 생일은 주헌이가 기뻐
하도록 잘해주었고? 할아버지도 주헌이 생일을 많이많이 축하한
다고 전해줘라!

주헌이도 이제 만 3살이 되었으니, 세심히 주의 깊게 관찰하여
타고난 성품과 소질이 무엇인지 파악하고 지도해야 할 때가 되었
다고 생각한다. 대다수 할아버지들이 자기 손자들을 귀여워하듯
이 나 또한 내 손자들이 보고 싶어 내 책상 위에 비치한 사진을
늘 보고 있고, 보고 또 봐도 귀엽고 사랑스러운 마음 그지없어
엔도르핀이 절도 도는 기분이다.

추석 다음 날인 9월 19일 아범의 당숙과 가족(명진, 명수와 부인,
아들 딸)이 우리집에 왔는데, 명진(33세)이가 10월 2일 대전에서 결
혼 피로연을 한다는 소식을 가지고 왔단다. 남편은 430 가정 장
남 이인화(37세)라는데, 직업은 잘 모르겠어. 늦게나마 이루어진
혼사니 나도 참석하여 축하해줄 예정이다. 그리고 9월 20일에는
LA에 사는 내 외사촌 둘째 여동생이 다녀갔는데, 자기 큰아들(32
세)이 필리핀계 미국인 여성(23세)과 금년 10월 30일 결혼한다고

하네. 그래서 한국동란 와중에 어머니를 보살핀 외삼촌에 대한 고마움도 있어서 진심으로 축하하면서 축의금을 마련해주니, 거듭 고맙다며 받아갔단다.

9월 24일부터 26일까지는 대전 집에 기거하면서 너도 잘 알고 있는 옆집 아들 창학이 결혼식(9. 25)에도 네 어머니와 같이 참석하여 축하해주었어. 그 집 아저씨 아들 딸 모든 식구가 미안할 정도로 고맙다고 인사하더군. 그 집 아저씨는 아버지가 홀로 강원도 최전방 비무장 지대에서 근무할 때, 우리집에는 전화기가 없던 때라 그 집 전화기로 너희들 소식을 전해 듣고 묻곤 하던 고마운 사람이란다. 그 시절 아버지가 불철주야 험준한 비무장 지대를 누비며 고된 줄도 모르고 죽음을 무릅쓰고 임무를 완수할 수 있었던 것은, 아범의 초등학교 담임 선생님 가정통신문 덕분에 신바람 나서 즐겁게 생활했기 때문이지. 가정통신문에는 아범에 대한 희망찬 칭찬과 장래가 기대된다는 내용이 쓰여 있었지. "윤상이는 학업성적도 우수하지만 성품도 침착 성실하고 책임감이 강하여 장래가 촉망되니, 좋은 책을 많이 보게 하여 폭넓은 지식을 습득시켜 대성(大成)의 기초를 다져주어야 한다"고 했어. 그러나 아버지 직업상 그런 환경을 만들어주지 못해 아쉬워했는데 아범 스스로 노력하여 유학의 길을 열었으니, 대단히 자랑스럽고 흐뭇하게 생각한다. 네가 힘써 만든 유학의 기회를 아범은 물론 어멈도 누려서, 전공인 영문학을 보완하고 모든 분야의 기초 지식을 착실히 축적하여, 원숙한 실력과 태도를 구비하기 바란다. 그렇게 되도록 아범과 어멈이 합심하여 꾸준히 노력해주기 바란다. 그래야 다양한 가치가 공존하면서 사회 현상이 다원화되고 급변하는 이 시대에서, 너희가 어느 조직에 처하든 그 축적된 역량을 발휘하여 주도적으로 영향력을 행사할 수 있지 않겠냐?!

전화로도 얘기했다만, 외국인 학생들과 인상 깊게 좋은 관계를 유지하고 그들과 자주 어울려 생활하다 보면, 훗날 개인과 국가 차원의 도움이 될 수 있는 인맥이 될 것이다. 또 어멈은 주변 외국인 부인과 자주 어울려 대화하다 보면, 언어는 물론 그들의 가치관과 생활문화를 좀 더 깊고 넓게 알 수 있어 인생에 많은 도움이 될 것이라고 생각한다. 어느 분야든 최상위 그룹 사람들의 공통점은, 온갖 고난을 스스로 극복하고 자신과의 싸움에서 승리하며, 늘 예의를 갖추고 온유 겸손하게 생활하고 있으니, 경제적·문화적으로 품위 있게 잘살고 싶다면, 최상위 그룹 사람들의 가치관과 생활습관을 배우고 익혀 자기 것으로 승화시켜야 돼. 그렇지 않고 잘살고 잘하는 사람들을 시기 질시하며 반목하면 잘살 수 없고, 도리어 자신의 미래를 어둡게 만들게 되지. 좀 더 알차고 보람 있는 유학 생활이 되기를 바라는 마음 간절하여 당부하는 말이니, 너희들 마음에 담아 실천하여 시너지(synergy) 효과가 있기를 기대한다.

또한 생활습관은 자신의 생각과 환경에서 비롯되므로 가정환경과 분위기를 항상 청결하게 유지하면서 명랑하게 이끌고, 아이들의 생활 태도와 학과 공부를 어멈에게만 의존하지 말고, 아범이 주기적으로 점검하고 늘 관찰하며 잘 지도하기를 재삼 부탁한다. 아이가 책상에 앉아 학과 공부로 지식을 습득하는 것도 중요하지만, 먼 훗날 자신의 삶이 어떤 모습이 될지를 상상시키면서, 그날을 위해 오늘을 착실하게 준비하는 정직하고 성실한 사람으로 키우는 것이 가정과 국가를 위하는 길이니, 아이들 소질을 파악하고 실력과 태도를 어떻게 향상시킬 것인가? 아범과 어멈이 머리를 맞대고 고민하는 시간도 종종 있어야 할 꺼다. 그런 것이 생활화되면 가족 구성원의 공감대가 자연스럽게 이뤄질 것이고 가정의 화목은 절로 될 터이니, 꼭 그리하기 바란다. 나는 그리하지 못해 늘 아쉬운 마음이라 특별히 당부하는 말이다.

그리고 아범과 어멈은 서로가 모르는 활동을 하거나 아이들 면전에서 짜증내거나 다툼이 있어서는 절대 안 되고, 하찮은 일이라도 서로의 견해를 말하고 의견 일치를 위한 진실한 대화를 나누며, 공동 취미 활동으로 정서적 공감대가 많아야 너희들 노후에 행복한 생활이 된다는 것을 아버지는 경험을 통하여 절감하고 있으니, 잊지 말고 반드시 그렇게 해야 한다.

어멈은 아범을 가정의 중심으로 확실하게 세워 아이들에게 아버지 영(令)과 권위를 지켜줘야 한다. 만일 영과 권위를 세워주지 못하거나 안 하면, 아내의 위치와 가치는 없어지고 남편으로부터 사랑을 기대할 수 없는 거야.

그리고 부부 서로가 마음에 안 드는 일이나 현상을 보면, 보고 느낀 사람이 직접 솔선하여 처리하면 아이들도 부모의 거동대로 따라서 할 거다. 부모의 모범적인 화목한 생활 모습이 아이들 가정교육의 으뜸이요 전제조건이라는 것을 마음속 깊이 새기고 솔선수범하기를 거듭 강조하며 당부한다.

　이제 유학 생활도 전반전은 끝나고 후반전에 접어들었군. 전반전에 부족한 점 후반전에 만회하면서 더욱더 분발하여 좋은 성과를 거두어, 자랑스럽고 즐겁고 보람 있는 생활되기를 간절히 기원한다. 아무쪼록 가족 모두 건강하고 항상 행복한 생활되기를 기원하면서 이만 줄인다. 내 자손의 무궁한 발전과 번영을 기원하면서. 잘 지내라.

2005년 9월 30일

아버지가

경축!
아범의 불혹지년(不惑之年)

아범이 출생한 양력 2월 3일은 다음 날이 입춘이라, 나는 아범의 생일을 만물이 생동하는 대길(大吉)로 여겨 아주 좋은 날이라고 생각한다. 특히 올해 아범 생일은 불혹지년(不惑之年)의 시작이니, 어느 해 생일보다 더욱 의미 있는 날이라서 아버지가 축하의 글을 전한다.

불혹이란 주위환경과 어떤 생활여건에도 구애받지 않고, 불쾌한 말을 들어도 마음의 중심이 흔들리지 않으며, 판단력이 늘 공명정대하고 인생관과 가치기준이 확고하게 완숙되었다는 나이라는 것을 의미하지. 그럴 만 한 것도, 세상에 태어나 인생의 절반 정도를 살면서 배웠고 경험했으니 나이 40을 불혹이라 하는 것 아니겠냐?! 성장 환경과 배움과 경험 정도에 따라 사람마다 차이는 있겠지만, 아범은 온건한 정신자세로 정직성실하게 살아왔으니 확실한 불혹지년이라고 생각한다만, 오늘을 기점으로 더욱 성숙한 생활 모습이기를 바랄 뿐이다. 그리고 자라나는 두 아들의 성장 환경과 교육에도 깊은 관심과 관찰을 기울여, 그들이 성숙한 인재가 되도록 지도 육성해줄 것을 거듭 당부한다.

아이들의 학과 성적은 물론이지만 더욱 중요한 것은, 타고난 소질을 촉진시키면서 정직, 근검, 성실하고 범사에 감사하며 자신의 책무와 역할을 다하는 온건한 정신 자세의 긍정적이고 적극적인 사람이 되도록 말이다. 아버지가 이처럼 거듭 강조하는 것은 안정되지 못한 네 동생들 생활 모습을 보고, 그들이 어릴 때 내가 아버지로서 역할과 지도력을 적절히 행사하지 못해서 그렇게 되었다고 뉘우치고 있기 때문이란다. 아무쪼록 아범과 가족 모두 건강관리에도 힘쓰고, 지금의 좋은 교육 환경을 최대로 활용하여 튼튼하고 행복한 가정 이루기를 바라며, 아범의 불혹지년 생일을 거듭 축하한다. 잘 지내라.

2006년 2월 3일

아버지가

그리운 어머니!

하늘에 계신 저의 어머니 정예당 이옥근 여사님! 그립고 경애합니다. 오늘은 우리 민족이 숭조(崇祖)하며 추모하는 정해년 중추절 아침입니다. 소자도 햇곡식과 햇과일로 차린 차례 상 앞에 어머니 자손들이 모여 어머니를 우러러 공경하며 추모하오니, 정성들여 차려진 이 음식들을 즐겨 흠향하시고 위안 받으시며 기뻐하시기를 이 불초자는 간절히 바라고 있습니다.

어머니께서는 1950년 6월 25일 일요일 이른 아침 멀리서 들려오는 포성을 천둥소리로 착각하시고 "가뭄이 계속되더니 이제야 비가 올 모양이 구나" 하시며 잠자리에서 일어나지도 않은 어린 소자에게 말씀하셨지요. 어머니 그 말씀이 왜 지금에 와서 소자의 마음을 우울하게 하고 무겁게 하는지 모르겠습니다. 가출한 아버지 소식은 모르시고 먹을 양식을 구하려고 막내 동생을 업으시고 머나먼 장안에 가셔야, 북한군이 기습 공격하여 이 땅에 전쟁이 발발했음을 아시고, "우리는 갈 곳도 없는데 피난 고생하지 말고 그대로 여기서 살자"고 말씀하신 그때 어머니 심정을 지금 생각하니, 소자는 마음이 몹시 아프고 눈물이 나네요. 먹을 것이 없어 누런 오이를 거두어 먹기도 하고, 무슨 풀인지 뜯어다 삶아 된장에 묻혀 먹으며 초근목피로 끼니를 때우던 그 시절, 손발이 부르트시도록 고생만 하시던 어머니 모습이 떠오르면, 불초 소자는 가슴이 메어 말도 못 하고 소리 없이 눈물만 흐르네요.

여름이 가고 초가을 산으로 나무하러 가신 어머니께서 북한군에서 탈출한 국군포로 3명과 의용군 2명을 데리고 오셨지요. 그들은 서울이 곧 탈환되니 그때까지만 숨겨달라고 간청하여 우리집 인근에서 은신하도록 하셨지만, 5명이나 되는 장정들 먹을 양식 때문에 어머니는 엄청 고생도 많으셨어요.

동도 트지 않은 이른 새벽에 막내동생을 업으시고 먼 장안으로 가서 먹을 양식을 구해 머리에 이시고, 캄캄한 밤에 땀에 흠뻑 젖은 몸으로 힘들게 오시던 어머니의 그 모습, 아, 어찌 소자가 잊을 수 있겠습니까?!

어느 날은 밤이 꽤 깊은데도 어머니가 오시지 않아, 소자는 동생과 함께 집을 나서 어머니를 찾아 한없이 울부짖으며 헤매었지요. 행여 어머니를 잃고 고아가 되는 것은 아닌지 두려움에 짓눌려 무서워 떨었으나, 캄캄한 밤길에 파김치가 된 모습의 어머니를 만나서야 울음을 멈추고 안도한 때도 있었지요.

그렇게 어렵게 생활하던 가을 어느 날, 어머니께서는 탈출병들에게 어젯밤 꿈이 안 좋으니 오늘은 산에 가서 피신해 있으라고 하셨는데도, 탈출병들은 어머니 말씀을 무시하고 밖에서 서성대다가, 저녁 해질 무렵 멀리서 우리집 쪽으로 다가오는 따발총과 장총을 멘 빨치산들을 목격하고서야 허겁지겁 산속으로 피신했지요. 우리집에 당도한 빨치산들은 탈출병들을 보았는지, 그들이 숨어 있는 곳을 대라며 어머니를 회유하고 다그치며 겁박했지요. 하지만 어머니께서는 일체 모른다고 버티시니, 이에 화가 난 빨치산들이 울며불며 매달린 소자를 뿌리치면서 어머니를 포악하게 강제로 마당으로 끌고 가 양손 들고 뒤로 돌아서게 하고는, 장총을 겨누며 총살시켜 버린다고 큰 소리로 협박했지요.

양손을 들고 계시던 어머니께서 돌연히 겨누는 총구를 향해 돌아서며 목 부분 저고리를 두 손으로 가르시면서 큰 소리로 "쏴 죽여라. 난 자유대한이 좋다!" 하시며 당차게 말씀하시니, 장총을 겨누던 빨치산이 기가 꺾였는지 갑자기 어머니 고향이 어디냐고 물었지요. 이에 어머니께서는 "고향은 왜 묻느냐? 내 고향은 평안도다" 하시니, 빨치산은 "이북 여자?! 당돌하네" 하며 장총을 거두었어요. 잠깐이던 그 순간이 소자에겐 더없이 기나긴 악몽 같은 사태였고, 공포에 짓눌려 견디기 힘든 암흑 같은 시간이었습니다.

그러나 어머니는 연약하신 여인의 몸으로 극한적인 절박한 그 위기 상황에서도 불의 앞에 굴하지 않으시고 의연하고 당당하게 싸워 이기셨지요. 이 사태뿐만 아니라 그 후에도 여러 형태의 모진 고난과 역경을 이겨내시며 생활하신 어머니의 굳건하신 생활 모습을 이 소자는 낱낱이 잘 기억하고 있어요.

더더구나 아버지의 그럴듯한 감언에 속아 객지에서 온갖 시련과 고통을 극복하시고 농촌계몽 활동을 하시며 교회를 세우셨지요. 그 와중에 사기 이혼 당했음을 아시고 살아야 하나 죽어야 하나 하는, 생사의 갈림길에 번민하시면서도 중심을 잃지 않으신 어머니. 그 쓰라린 마음의 괴로움을 누구에게도 알리지 않으시고, 오로지 당신의 부족함이라고 자책하시며 독백하신 어머니의 애절한 일기 노트를 못난 소자는 노년에 보고 또 보면서 통탄하며 하염없이 눈물지었어요.

이렇게 의연하고 담대하신 어머니의 올곧은 여러 생활 모습이 소자의 의식에 각인되어 단단한 기저(基底)를 이루고 있어서, 이 혼탁한 풍진 세상을 살면서도 조금도 흔들림 없이 잘 살아가고 있습니다. 소자가 평안하게 잘사는 것도 다 어머니의 올곧은 생활 모습과 하해(河海)와 같은 사랑의 은공임을 알고 있어, 어머니를 늘 흠모하고 공경하며 무한히 감사하고 있습니다. 그래서 거룩하신 내 어머니 생애의 발자취를 잊을 수 없어 소자 생전에 책으로 발간하여 자손 대대로 읽히고 전수하여 후손들 생애에 교훈이 되도록 각인시키려고 하오니, 적극 도와주시기 바랍니다.

해마다 명절이 되면 어머니 살아생전 온갖 고난의 그 시절이 새롭게 상기되어 그지없이 어머니가 더욱 그리워 눈물지며 애모하며 추모하는 마음이 더더욱 간절하답니다. 그리운 어머니! 영원히 경애하오며 삼가 명복을 비나이다.

2007년 9월 25일

불초소생 대위 올림

거룩한 어머니 유산

귀중한 교제

자원입대한 나의 장손 이주현(뒷줄 왼편 두 번째)

거룩한 어머니 유산

자원입대한 장손에게
보낸 편지들

/

육군 훈련소 입소 전날 밤의 카카오톡

/

할아버지: 자랑스러운 나의 장손 주현아! 육군 훈련소 입소를 축하한다. 앞으로 어떠한 어려움과 역경이 너에게 닥쳐도 굴하지 않고 이겨내겠다는 불굴의 정신과 조국을 수호하고 국민의 생명과 재산을 보호한다는 사명감을 굳게 다지고 입소한다면, 마음이 한결 가볍고 힘이 솟을 거다.

너도 잘 알고 있지만 세상만사 마음먹기에 달렸으니, 늘 긍정적이고 적극적인 자세로 반복되는 고된 훈련과 병영 생활을 즐기며 복무해라. 그리해야 군 생활이 한결 순조롭고 정신건강에도 대단히 좋단다. 아무쪼록 나의 장손은 대한의 사나이로서 참다운 군인정신을 배우고 익혀, 늘 정도예의 생활과 강인한 군인정신을 겸비한 참사람 군인이길 오늘 밤 두 손 모아 기원하마.

장손: 네! 할아버지, 군대 가서 정신무장하고 많은 것을 배우고 익혀 무사히 돌아오겠습니다. 사랑합니다, 할아버지. 충성!

이주현 올림. 2016년 6월 19일(일요일)

대한민국 건아 정진 이주현!

／

조국수호를 위해 미국에서 학업을 중단하고 스스로 귀국하여 자원입대한 나의 장손 이주현! 높은 도덕적 의무감이 충만한 훌륭한 너의 정신자세와 처사에 할아버지는 대단히 자랑스럽고 마음 뿌듯하여 흡족해하고 있단다. 입영 전날 밤엔 군대 가서 정신 무장하고 많은 것을 배우고 무사히 돌아오겠다는 너의 말에 더욱더 든든한 마음이 들었고 흐뭇하여 감개무량했지.

나의 장손 정진 이주현은 씩씩하고 용감한 멋진 사나이다. 할머니는 조석으로 식사하며 너를 염려하여 여러 얘기를 하고 있다만, 할아버지는 나의 장손은 여러 나라 어느 곳 어느 환경에서나 잘 적응하며 생활한 경험이 있기 때문에 훈련병 생활도 잘하고 있을 것이라고 말하고 있단다. 또한 나의 장손은 언제 어디서 어떤 일을 하든, 온유·겸손한 자세로 주인의식을 가지고 능동적이고 적극적으로 자신의 책무와 역할을 완수하는 것이 가문과 나라와 인류공영에 이바지하는 것이라는 것을 알고 있기 때문에, 병영 생활도 즐겨 하면서 잘하고 있을 것이니 걱정하지 말라고 말하고 있단다. 아무쪼록 군율을 엄수하여 대한민국 모범 군인이기를 바란다. 안녕!

(정진〔正眞〕은 성년식에서 할아버지가 장손에게 생활지표로 부여한 자〔字〕)

2016년 6월 28일_할아버지 글 1호

거룩한 어머니 유산

멋진 사나이 정진 이주현!

오늘의 군대는 병영 생활 환경과 의식주, 복지, 무기 체계 등 모든 분야가 눈부시게 발전하여 엄청 좋더군. 그렇게 발전되기까지 우리 조상들의 피땀 어린 노고의 역사를 알아야 하고, 조상들과 국민에게 감사하면서 모든 군수물자를 애호하며 아껴 써야 애국군인이다. 뿐만 아니라 군 생활을 통하여 물자를 아껴 쓰고 정리 정돈하는 생활 습관이 반드시 완성되도록 해야 너의 인생 행로에도 많은 도움이 된다는 것을 알고, 꼭 그렇게 되도록 실천해야 한다.

병역을 필한 대다수 사람은 군대 생활을 자랑하면서 자부심을 가지고 있지만, 극소수 사람은 자신이 한 군대 생활을 썩었다, 멍청해졌다는 등 신성한 국방의무를 비하하곤 한다. 그런데 그것은 누워서 자기 얼굴에 침 뱉는 격이니, 부정적이고 왜곡된 의식을 가진 지극히 못난 자이고, 긍정적 사고를 가진 사람은 어떤 환경에서나 현실에 충실하며 밝게 보고 듣고, 온화한 표정과 공손한 태도로 정직하게 말하고 맡은 바 소임을 다하는 진실한 사람이지. 그러니 나의 장손 정진은 정도예의 정신을 늘 견지하고, 적극적인 자세로 병영 생활을 자양분으로 삼아 강인한 군인정신을 습득하면서 심신 단련에 힘쓸 것이다. 그리고 조국수호를 위해 기꺼이 희생하겠다는 각오로 자원하여 군대 갔으니, 대한민국 육군의 멋진 모범군인이 될 것이라고 기대한다. 안녕!

2016년 6월 29일_할아버지 글 2호

/

늠름한 사나이 정진 이주현!

/

호국보훈의 달에 스스로 지원하여 입대한 나의 장손 정진 이주현! 뜻깊고 대단히 자랑스럽다. 대한민국 사나이라면 누구나 국민의 생명과 재산을 보호하기 위해 국토방위의 의무를 다하는 것은 당연한 일이지만, 어떤 마음과 정신자세로 입대하느냐에 따라 결실이 다르다는 것을 잘 알고 있지?!

자랑스러운 나의 장손은 사람이 빵과 재물로만 사는 것이 아니라, 정신자세가 그 사람 생애를 좌우한다는 것도 잘 알고 있을 것이니, 항상 진실(정직+성실+예의)하게 올곧은 정신자세로 병영 생활도 즐겨 하리라 믿는다. 아무쪼록 나의 장손 정진은 너의 정신이 네 몸을 다스리는 자승자강(自勝自强)의 고매한 인격자가 되어, 나라와 의(義)를 위해 기꺼이 희생한다는 각오로 자신의 마음과 몸을 단련시키면서 무예 연마에 집중하기 바란다.

거수경례하는 건장(健壯)한 훈련병사들 14명과 함께한 늠름한 모습을 보니 할아버지 마음이 뿌듯하다. 소중한 첫 인연이다. 친하게 지내라. 안녕!

2016년 6월 30일_할아버지 글 3호

장손과 함께 입소한 훈련병 첫 모습

군인정신(軍人精神)

　입대 후 훈련소 생활 잘 적응하며, 훈련을 즐기면서 받으리라 믿는다. 이미 군 교육을 통하여 알고 있겠지만, 군인이 숙지하고 실천해야 할 정신은 군대 생활에서만 적용되는 것이 아니라, 사회 일상생활에서도 갖추어야 할 훌륭한 정신이니, 반드시 습득하여 일상생활에서도 발현되어야 참군인이다.

1. **명예 존중**: 군인은 국가의 공인으로서 본인은 물론 군대 위상을 드높이고, 부정부패 비리가 추호도 없어야 하는 철저한 정도 예의 생활.

2. **투철한 충성심**: 국가와 민족을 위해 맡은 바 직무를 지극 정성의 마음가짐과 적극적 태도로 솔선수범하여 반드시 완수.

3. **진정한 용기**: 각종 유혹과 불의를 배척하고 부주의로 실수, 실례를 했다면 핑계, 변명, 이유 없이 즉시 뉘우쳐 반성하고 개선하는 진실한 도덕적 자세.

4. **필승의 신념**: 적과 싸우면 한사코 승리하겠다는 끈질긴 투지력과 집중력. 즉 목표한 바는 반드시 달성하겠다는 굳건한 투지력.

5. **임전무퇴 기상견지**: 싸움터에서 물러서지 않겠다는 굳은 결의와 용기. 즉 착수한 일은 기어코 완수하겠다는 의지와 굳센 실천력.

6. **책임 완수**: 죽음을 무릅쓰고 맡은 바 소임을 완성하겠다는 강력한 추진력.

7. **애국애족 정신**: 국가(가정)와 국민(가족)을 진정 사랑하는 아름다운 정신.

　이상의 군인정신 7개 요소는 군대뿐만 아니라 사회에서도 연계하여 사람이 갖추어야 할 대단히 훌륭한 정신이다. 필히 익혀 무장(武裝)되기를 바란다. 네가 선물한 종합 비타민(Centrum)은 잘 복용하고 있다. 고맙다. 안녕!

2016년 7월 1일

할아버지 글 4호

거룩한 어머니 유산

중심과 교류 소통

조국을 수호한다는 긍지로 스스로 지원 입대한 자랑스러운 나의 장손 주현아! 여름철 뙤약볕 아래서 계속되는 훈련에 얼마나 노고가 많으냐?! 그러나 세상살이가 사람 마음가짐에 따라 다름을 너는 알고 있으니, 잘 적응하면서 능동적으로 훈련에 임하며, 강인한 군인정신으로 무장한 모범군인이 될 것이라고 기대하고 있단다. 군인정신 7개 요소는 반드시 갖추어야 할 매우 중요한 핵심 사항이니 잘 익히기를 바란다(할아버지 글 4호 참조).

그리고 천체의 행성들이 스스로 자전하면서 태양을 중심으로 하고 질서정연하게 주기적으로 공전하는 신비한 천체 우주의 섭리와 같이, 인간 생활에서도 중심 자를 섬기고 근인(近人)과 잘 교류 소통하며 생활해야 한다고 평소 할아버지가 강조한 것은 병영생활에서도 더욱 요구된다. 그러니 너의 직속 상사를 중심하고 소속부대원들과 잘 교류 소통하며 생활해야 군 생활이 즐겁고 보람 있단다.

아무쪼록 첫 번째 할아버지 요망사항 '중심을 섬기고 교류 소통을 잘하라'는 내용을 늘 상기하고, 그것을 마음에 새겨 실천하는 생활이기를 바란다. 훈련을 즐겨라. 이만 줄인다. 안녕!

2016년 7월 2일

할아버지 글 5호

신분과 분수

할아버지는 너를 보고 싶으면, 훈련소 입소 후 보내온 첫 사진의 거수경례하는 늠름한 훈련병 중에 있는 너의 모습을 보면서 흐뭇해하며 미소지고 있단다. 학문 연구에 매진하던 네가 무더운 여름철 계속되는 신병 훈련으로 많은 땀을 흘리며 생활하겠지만, 신병교육 훈련은 군인 신분으로서 갖추고 숙련되어야 할 기초적인 교육 훈련이니 잘 습득하여 숙달되기 바란다.

당당한 대한민국 육군의 신분으로서 자신의 분수를 알고 지키며, 국가와 국민을 위한다는 사명감과 자부심으로 훌륭하게 복무할 것으로 기대한다. 이것이 '자신의 신분을 알고 분수를 지켜라'라는 두 번째 조부 요망사항이다.

할아버지가 자작한 자장가를 들려주며 잠재우던 장손이 벌써 장성하여 조국수호를 위해 헌신하는 어엿한 군인이 된다니, 흐뭇하고 기쁘다. 네가 말한 대로 군 생활을 통하여 정신무장하고 많은 것을 배워 성숙한 인격자가 되기를 바란다. 특히 전국 각지에서 각양각색의 청년들이 모인 군대 집단에서 인간관계의 심리상태 분별 지혜와 기술, 그리고 군대조직과 물자관리 운영에 관한 지식 등 많은 것을 배우고 깨달을 것으로 기대한다. 생활 속에서 경험으로 배우고 깨달은 지식은 평생 잊히지 않거든!

거룩한 어머니 유산

할아버지는 인간관계 교육을 경험으로 배우는 대학이 군대라고 생각하고 있으니, 많이 깨우쳐 훌륭한 인격자가 되어 행복한 너의 인생이 되기를 늘 기원하고 있단다. 아무쪼록 몸성히 잘 지내며 훈련을 즐겨라. 안녕!

2016년 7월 3일

할아버지 글 6호

/

예의질서와 법규 준수

/

나의 장손 정진! 입영 후 3주차 훈련이지? 너의 생애에 처음으로 고되고 생소한 훈련을 받을 것으로 생각하니, 나의 장손이 대건하고 자랑스럽다. 네가 6월 20일 입영한 후 할아버지가 6월 28일부터 매일 인터넷으로 글을 보내는 것은 너의 정신무장에 도움을 주고자 함이니, 필히 반복 정독하여 확고한 정신으로 잠재되어 실행하기를 바라는 마음 간절하기 때문이란다.

인간 생활에서 언제 어디서나 최우선 실천사항은 "예의질서와 법을 준수하라는 것" 이것이 세 번째로 할아버지가 요망하는 사항이다.

예의질서와 법을 경시하고 무시하면 반목과 갈등·분쟁이 유발하여 큰 분란으로 확대되기 때문에, 사람 관계에서 예의범절이 가장 중요한 최우선 실천 사항임을 너는 잘 알 것이다. 그러니 더욱 군대예절 교육을 통하여 예의범절이 인간 생활에서 대단히 중요함을 인식하고 습관적으로 잘 실행하리라 믿는다.

예의질서와 법규 준수의 생활습관은 보이지 않는 신비한 무형의 힘이 발생하여, 인간관계를 원활하게 하고 안정시켜 평화로운 생활환경이 되고, 특히 군대 생활에서는 상하 상호간에 요구되는 매우 중요한 예의범절이란다. 그래서 우리 조상들은 예의범절을 대단히 중요하게 여겨 비례물 시청언동(非禮勿 視聽言動)하라고 어릴 적부터 엄히 가르쳤지. 이 말은 즉 예의가 아니면 보지도 듣지도 말고 말하지도 행동하지도 말라는 가르침이야.

나의 장손 정진은 언제 어디서나 늘 예의질서와 법규를 엄수하는 훌륭한 모범 군인임을 믿어 의심치 않는다. 몸성히 잘 지내기 바란다. 안녕!

2016년 7월 4일

할아버지 글 7호

/

고매한 도덕성

/

병영 생활 중 너의 주변 장병들이 괴팍한 언행으로 너를 기분 나쁘게 괴롭혀도 너는 내색하지 말고, 고매한 도덕심을 굳게 지니고 슬기롭게 대처하기 바란다. 슬기롭게 대처함이란 온화한 표정과 온유·겸손한 태도로 대응하라는 것이다. 인간관계에서 근본적인 마음가짐과 지혜와 기술은 '고매한 도덕성을 견지하는 것'이니, 이것이 네 번째로 할아버지가 요망하는 사항이다.

너의 잘못이 아닌 타인의 잘못을 너에게 지적하더라도, 두말없이 "네! 시정하겠습니다!" 하고 힘차게 말하고 즉각 개선하는 것이 참 군인 자세란다. 지적에 대한 구구한 변명이나 핑계·이유 없이 즉각 개선하는 것이 최선이다. 그런 태도가 병영 생활에서 습관화된 사람을 사회에서도 환영하고 책임감이 왕성한 사람으로 인정하며 높게 평가한단다. 그러나 자신의 책임과 역할을 회피하는 발언이나 구차한 핑계·이유·변명으로 자기를 합리화하면, 책임감 없는 옹졸한 졸장부로 인식되어 왕따되고 퇴출당하는 거야.

그러니까 긍정적인 안목으로 군대 생활을 하면 사회생활에서 도움이 되는 지혜와 기술을 습득하지만, 부정적 안목으로 하는 군대 생활의 결과는 불평불만과 적자 인생이 되는 거지. 부디 나의 장손은 어떠한 환경에서나 긍정적인 안목으로 진실하게 생활하며, 상급자의 욕설과 폭력이 있어도 중심이 흔들리지 말고, 너의 정신이 너의 육신을 지배하고 다스리는 자승자강의 훌륭한 인격자가 되어, 행복한 너의 인생이 되기를 간절히 기원한다. 잘 지내라. 안녕!

2016년 7월 5일

할아버지 글 8호

/

특등 사수

/

　신병교육 현역 5주 과정을 살펴보니 오늘부터 3주차가 시작되는 것 같다. 군가를 우렁차게 부르며 학과 출장하는 너를 상상하며 글을 쓰고 있단다.

　3주차 교육훈련 과정에서 개인 화기 관리요령과 사격술을 잘 배우고 익혀 백발백중 특등 사수가 되는 것이 훈련병으로서 우등생이고, 책임감 왕성한 사람의 자세이고 증거다. 군인이 개인 기본화기를 다루는 것은 기본이지. 군인의 존재 가치는 적과 싸우면 반드시 승리해야 하므로 사격술 연마는 가장 중요한 기본 조건이란다. 그러니 백발백중 특등 사수가 되어야 함은 당연하잖아?!

　무더운 뙤약볕 아래서 사격술 예비훈련을 하더라도, 정신을 집중하여 잘 익혀 반복훈련을 거듭하고 숙달되어야 사격을 잘할 수 있단다. 각별히 주의할 점은 안전제일이니 교관과 조교의 지시를 절대 따라야 한다. 부디 매사에 솔선수범하여 상사와 동료로부터 사랑과 신뢰받는 나의 장손 정진이기를 기대하며, 훌륭한 군인으로 탄생하기 바란다. 잘 지내라. 안녕!

2016년 7월 6일

할아버지 글 9호

/

군가와 나

/

장마철 우기에 계속되는 고된 훈련으로 나의 장손이 얼마나 노고가 많을까?! 힘든 일을 힘들다고 하면 더 힘들고 더 고단하여 마음이 무겁고 침울한 기분이 되니, 긍정적인 사고로 병영 생활을 즐기면서 극복해야 기분이 좋고 정신건강에도 좋은 거다. 날씨와 기온이 인간 생활에 미치는 영향은 지대하지만, 우렁차게 군가를 부르면서 행군하고 훈련에 임하면 온갖 잡념이 없어질 거다.

할아버지는 지금도 생생하게 기억하는 군가 〈행군의 아침〉을 너의 모습을 상상하고 그리며 부르고 있단다. 배웠는지 모르겠지만 가사는 이렇다.

"동이 트는 새벽꿈에 고향을 본 후/ 외투 입고 투구 쓰면 맘이 새로워/ 거뜬히 총을 메고 나서는 아침/ 눈 들어 눈을 들어 앞을 보면서/ 물도 맑고 산도 고운 이 강산 위해/ 서광을 비추고자 행군이라네." 군가 그만! 하나 둘 셋 넷!

군가를 부르면서 행군하면 힘이 솟지 않냐?!

군가뿐만 아니라 음악과 노래는 인간생활에서 뗄 수 없는 관계라, 할아버지도 종종 좋아하는 노래를 부르며 마음을 달래고 새롭게 다짐할 때가 있단다. 너도 음악과 노래를 무척 좋아하고 잘하고 있잖니! 군가를 훈련병들과 함께 힘차게 부르며 행군하고 나면, 정신이 맑아지고 기분이 상쾌해지는 것을 느낄 거다. 마지 못해 억지로 하면 아무 소용없고 쓸데없는 헛된 짓이지.

　아무쪼록 장마철 우기에 힘들고 고단한 병영 생활이라도 즐겁게 극복하며, 마음과 몸을 튼튼하게 단련하여 대한의 자랑스러운 씩씩한 병사가 되길 바란다. 건강에 유의하며 잘 지내라. 안녕!

2016년 7월 7일

할아버지 글 10호

/

협동정신(協同精神)

/

　우리나라 경제와 모든 환경이 급진적으로 발전했다는 것을 새삼 느끼고 있다만 사람들 의식은 옛날 같지 않은데, 지금 군대 장병들 의식은 어떤지?! 당연히 너와 같이 생활하는 훈련병들은 조국을 수호한다는 목적의식이 같고, 동일한 의식주와 동일한 교육훈련을 받고 있으니 정으로 뭉쳐진 협동하는 생활이겠지. 주도적인 협동정신과 자세로 병영 생활을 연속하여 습관화되면, 사회 나와서도 환영받을 것이니 잘 익혀 계속 보전하고 존속되어야 한다. 홀로 왔다가 홀로 가는 인생이지만, 살아가는 과정은 관계하는 사람들과 더불어 잘 교류 소통하면서 생활해야만 힘이 솟고 행복할 수 있기 때문이지.

거룩한 어머니 유산

이것만 아니라 인간관계에서 여러 가지로 배우고 익힐 것이 많은 군대 병영 생활이기 때문에, 할아버지는 군대를 인간관계 교육을 경험으로 배우는 훌륭한 인간 종합대학교라고 하는 거다. 그러나 부정적 왜곡된 사고와 견해로는 아무것도 얻지 못하니, 고되고 힘든 일도 능동적으로 즐기면서 해야 이롭단다. 부디 능동적으로 협동심을 발휘하면서 인간관계의 지혜와 기술을 많이 배우고 익혀 행복한 너의 인생이 되기를 할아버지는 늘 기원하고 있단다. 사랑하는 나의 장손 정진! 몸성히 잘 지내라. 안녕!

2016년 7월 8일

할아버지 글 11호

/

지구력과 내성

/

무더운 여름 장마철에 계속되는 야외 훈련으로 고생이 많을 것으로 안다. 어렵고 힘든 악조건 환경을 극복하는 것이 조국수호를 위한 군인이라는 것을 염두에 두고, 병영 생활과 극한 훈련을 통하여 끈질긴 지구력과 내성(내열성과 내한성)을 기르면서 강인한 군인정신을 적극 함양하기 바란다.

지구력과 내성은 군대에서 극기 훈련을 통해서만 습득할 수 있는 정신이고 일반사회에서는 배울 곳이 없으니, 함께하는 병사들과 잘 교류하면서 병영 생활과 고된 훈련을 자양분으로 삼아 강인한 정신력을 갖추게 되면, 사회생활에서도 긍지와 자부심으로 매사가 활기차고 자신감이 생길 거다. 건장한 신체조건에 우수한 학력을 지녔어도, 정신 상태가 나약하여 병영 생활 중 천수를 마다하고 스스로 무너져 흙으로 간 병사들이 있기 때문에, 할아버지는 늘 정신 건강을 강조한다. 특히 각 사단 신병교육 과정과는 달리 육군 훈련소 신병교육 현역 5주 과정은 육군의 표준 병사를 양성하는 정규훈련 과정이니 더욱 건전한 정신력으로 무장되어야 한다고 생각한다.

거듭 강조하지만, 극한 훈련을 통해서만 습득할 수 있는 지구력과 내성이다. 부디 양질의 지구력과 우수한 내성을 갖추어 할아버지가 요망하는 4가지 정신과 상통(相通)하는 굳건한 군인정신(할아버지 글 4-8호)이 너의 정신에 늘 확고하게 잠재하고 있어 일상생활에서 자연스럽게 발현되기를 바란다.

굳건하게 잠재된 그런 정신자세와 태도로 항상 생활하면, 사회 어디서나 환영받고 존경받는 나의 장손이 될 것으로 확신한다. 잘 지내라. 안녕!

2016년 7월 9일
할아버지 글 12호

거룩한 어머니 유산

174

/

인터넷 편지

/

육군 훈련소 인터넷 홈페이지 27연대 '편지쓰기' 란을 이용하여 할아버지도 매일 한 통의 글을 써서 너에게 보낸다만, 편지 보내는 작성자 목록에는 대다수 아버지 어머니들이 많이 보내고 있고, 여자친구라고 기록된 작성자도 많더군. 너도 여자친구가 있으면 좋을 텐데, 없으니 아쉬운 마음이다.

부모의 아가페 사랑보다 이성의 에로스 사랑이 힘이 된다던데 너는 어떠냐? 어떤 여자친구라는 사람은 조석으로 아침편지, 저녁편지라며 보내지만, 글 내용은 전혀 볼 수 없고 제목과 작성자만 볼 수 있는 목록뿐이란다. 제목도 다양해 재미있던데 어떤 여자 편지 제목엔 '쌍놈 OOO'도 있더군.

"부모형제 나를 믿고 단잠을 이룬다"라는 군가 가사가 있지만, 편지 목록을 보니 그것이 아니고, 부모들이 군대 간 아들 걱정으로 잠 못 이루는 것 같더라. 하기야 너의 할머니도 아들 군대 보내고 입술 부르트도록 걱정했으니까.

너의 소속 27연대로 보내는 편지가 하루에 얼마나 되는지 궁금해서 확인해보니 보통 3500여 통 이상이고, 최대 많게는 4500여 통이 넘더군. 그러니 편지를 소속별로 분류 배달하는 담당 병사는 꽤나 노고가 많을 거야. 너와 같은 소속인 8중대 1소대에 손지수, 이명인, 이찬솔이란 성명도 편지 목록에 있던데, 너와 같은 분대원이냐? 그렇다면 화평케 하는 너의 성품으로 친하게 지냈으면 좋겠다.

어제까지 할아버지, 할머니, 아버지, 어머니, 고모 등이 너에게 보낸 편지가 모두 29통으로 기록되었던데, 잘 받아보고 있는지 궁금하다. 부디 함께하는 훈련병들과 즐겁게 지내기를 바라면서 이만 줄인다. 안녕!

2016년 7월 10일

할아버지 글 13호

여자와 술

강정호 야구선수가 시카고에서 야구경기를 마치고 자신이 묵고 있는 호텔에 찾아온 묘령의 여성과 술을 마셨다는데, 그 여성이 성폭행 당했다며 경찰에 고발하여 수사를 받고 있다는 신문기사를 보고 충격을 받았다. 그런데 별일이 아닌지 여전히 강정호는 편안한 모습으로 야구경기에 출전하고 있더군.

한국 기자들이 요란 떨며 허풍 기사를 썼는지는 몰라도, 지극히 불미스러운 성폭행 혐의에 강정호 한국 선수가 등장하다니 매우 안타까운 일이야. 모름지기 남자는 여자의 접근과 술을 조심해야 한다는 것을 새삼 깨우쳐주는 일이구나. 동서고금을 막론하고 여자와 술 때문에 쫄딱 망한 남자가 부지기수로 많아. 남성은 진실하고 착한 여성을 선택해야만 행복할 수 있는 거야.

요즘 한국 프로야구는 여전히 두산이 선두고, 한화는 꼴지를 벗어나 겨우 8위가 됐어. 할아버지는 두산과 한화의 야구경기는 매일 시청하고 있다만, 그곳에서도 시청할 수 있냐? 훈련병 생활관에는 지금도 TV가 없냐? 그렇다면 훈련병은 일반사회의 외부 소식을 전혀 알 수 없는 상태냐? 내가 거기서 중대장 할 때는 훈련병 생활관에는 TV가 없었지만, 식당에는 설치되어 있어 훈련병들이 시끌벅적 식사하면서 시청했었어.

할머니는 지난주 화요일(5일) 세종시 너의 집에 갔다가 토요일(9일) 저녁에 오셨는데, 원영이 생일에 고모가 딸 아들과 함께 한화 야구경기 관람하고 감독과 외국 선수와 사진도 찍었다고 그러더군. 즐겁고 재미있게 살고 있지?! 아무튼 부디 건강에 유의하면서 교육 훈련에 집중하기 바란다. 안녕!

2016년 7월 11일

할아버지 글 14호

/

단결의 힘

/

단결! 이주현! 무더위에 계속되는 무도(武道) 연마에 노고가 많지?! 고된 훈련을 즐겁게 하면 할수록 자부심을 갖게 되고, 인생이 즐겁고 매사 자신감을 갖게 되니, 훈련을 즐겨라! 이것이 긍정의 힘이요 효과다.

한국 시간으로 어제 새벽에 열린 유로 2016 축구 결승전에서 예상과는 달리 포르투갈 팀이 주최국인 프랑스 팀을 1대 0으로 꺾고 우승했단다. 예선전을 골 득실차로 겨우 통과한 포르투갈 팀이 16강 8강 4강전을 계속 승리하더니, 프랑스 팀과 결승전에서도 연장 후반에 포르투갈 선수가 번개 같은 골을 넣어 승리하는 순간, 포르투갈 팀과 경기장 내 펜들은 물론 한밤중인 본국 국민도 열광이 엄청 요란법석하더군. 사상 처음 메이저 대회(월드컵, 유로)에서 우승했다니 그럴 만도 하지. 상금은 우리 돈으로 350억 원이라더군.

축구 천재 호날두는 전반 24분경 부상으로 눈물 흘리며 교체되고 위기의 순간도 있었지만, 팀은 더욱 활기차지고 단단해진 느낌이 들더니, 드디어 연장 후반 4분 교체된 선수가 번개 같은 중거리 슛으로 골을 넣더군. 재방송으로 결승전을 관전하면서 새삼 느낀 것은, 실력이 다소 떨어지더라도 단결된 정신력으로 뭉치면 결과가 좋다는 거야. 영리한 너도 군대생활을 통하여 단결된

거룩한 어머니 유산

힘의 효력을 체험할 거다.

　나의 면류관 주현아! 부디 너의 바른 정신이 너를 지배하고 다스리는 자승자강의 인격자가 되어 행복한 너의 인생이 되기를 늘 기원하고 있단다. 충성!

2016년 7월 12일
할아버지 글 15호

/

완전무결(完全無缺)

/

　생활관에서 촬영한 여름 운동복 차림의 1소대 4분대 훈련병 뒷줄에 서 있는 너의 모습을 할머니와 같이 즐겨보고 저장했다. 미소 진 네 표정 멋지더라. 오늘부터 4주차 교육훈련 과정이 시작되는 것으로 예상하는데 그러냐? 그렇다면 앞으로 2주 후면 그곳을 떠나 새로운 부대로 가겠군. 이제 훈련이 2주 남았으니 더욱더 훈련에 집중하여 피치를 올려라. 그런 정신자세가 마무리를 완결하려는 태도이자 너의 인생을 윤택하게 하는 생활자세임을 알고 철저히 완벽하게 실천하기 바란다.

　할아버지가 누차 말했지만, 언제 어디서 무슨 일이던 마무리 잘하는 습관은 매우 중요한 생활자세이기에 거듭 강조하는 거다. 시작이 반이라는 말도 있지만, 마무리는 시작부터 끝까지 전부라는 것을 확실히 인식하고, 무슨 일이든 마무리는 완전무결하게 잘해야 한다.

앞으로 남은 주요 훈련 과정을 보니 수류탄 투척, 기록사격, 야외숙영 각개전투, 완전군장 20km행군 등이 있네. 중요한 핵심 훈련 과정이라 힘들 거다. 혹서기에 힘들어도 항상 안전에 유의하면서 숙련된 군인이 되도록 노력해라. 부디 훈련에 열중하여 씩씩하고 늠름한 일당백(一當百)의 용사가 되기를 바란다. 일당백이란 한 사람이 백 사람을 당해낸다는 뜻으로, 매우 용맹함을 이르는 말이다. 즉 한 명의 병사가 백 명의 적을 물리친다는 의미이지. 당백!

2016년 7월 13일

할아버지 글 16호

거룩한 어머니 유산

용모와 태도

육군 훈련소 홈페이지 27연대 훈련병 스케치 사진들을 보면, 4월 18일 입영한 훈련병들 사진부터 6월 20일 입영한 너희 훈련병 사진까지 많이 있더군. 최근 사진은 6월 13일 입영한 훈련병들이 대부분이고 너희 훈련병들 사진은 아직 많지 않다만, 네가 소속한 8중대 1소대 분대별 사진을 보니 다른 분대원보다 너의 4분대원 모습이 제일 의젓하고 늠름한 군인다운 모습이더라. 그 중에서도 주현이가 제일 멋지더군! 미소 진 밝은 표정으로 시선은 목표를 주시하고 있고, 머리는 곧게 하고 있으며, 멋있게 서 있는 내 장손의 모습이 제일 멋지더군. 일상생활에서도 늘 그런 모습이면 많은 도움이 될 거다. 미소 진 밝은 표정에 반듯한 용모와 태도는 모든 사람이 다 좋아하니까!

우리나라가 IT 강국답게 이렇게 입대한 장손의 병영 생활 모습을 인터넷으로 볼 수 있다니, 할아버지는 꿈만 같고 시대 발전에 무한히 감사하고 있단다. 얼마나 좋은 시대인지 너는 조부만큼 실감하지 못하겠지만, 할아버지는 감사함을 느낄 때마다 너의 증조할머니 넋을 기리며 고이 명복을 빌고 있지. 왜냐하면 나는 어머니의 크나큰 은공 덕분으로 건강하게 잘살아가면서, 눈부시게 발전한 우리나라 현실을 즐기며 생활하고 있기 때문이란다.

아무쪼록 나의 장손도 조상을 잘 섬기고, 부모에 효도하며 나라에 충성하는 경천애인의 조상숭배와 충효정신에 뿌리를 두고, 병영 생활과 훈련을 즐기며 용맹스럽고 자랑스러운 대한민국 육군 병사가 되기를 바란다. 충성!

2016년 7월 14일

할아버지 글 17호

국익 우선(國益優先)

할아버지는 매일 27연대 스케치 사진에 새로운 모습이 있나 찾아보고 있는데, 그 중 6월 13일 입영한 훈련병들이 완전군장 20km 행군하는 모습이 있더군. 얼마 후면 너희 동기 훈련병들도 이 혹서기에 완전군장 행군을 실시하겠지?! 날씨와 기온이 인체에 미치는 영향을 너는 잘 알고 있겠지만, 혹서기 행군은 특별하니, 교관이나 조교가 알려주는 주의사항을 반드시 실행해야 한다. 젊은 패기와 의욕으로 주의사항을 가볍게 여겨 시행 않으면 큰코 다친다. 혹한기에도 주의해야 하지만, 혹서기에는 더욱 주의해야 한다. 알았지?!

요즘 나라는 사드(THAAD)를 국내에 배치하는 문제로 온통 시끄럽단다. 사드는 북한 탄도 미사일 공격에 대비한 고고도 미사일 방어책으로 미군의 사드를 우리나라에 배치하려는 것인데, 중국 반대는 그렇다 치더라도, 국내 정치인 일부와 사드가 배치되는 경북 성주군 주민들과 일부 불순한 자들이 합세하여 사드에서 발생하는 전자파로 주민과 참외 농가가 망한다고 결사반대 데모를 하고 있으니 한심하지 않냐?! 북한 탄도 미사일 공격에 나라가 불바다로 망해 없어져도 나는 살아야겠다는 딴 나라 사람들같이 무척 안타깝다. 국가 안보는 물론 국가 이득에 관한 문제라면 여야 불문 국민 모두가 일체 합심단결하는 민족성이 돼야 이스라엘처럼 강한 나라를 이룰 수 있는데 말이다.

부디 나의 장손 이주현은 긍정적 사고를 굳게 지니고, 국토방위를 위해 자랑스러운 육군 용사로 군 복무를 즐겨하기를 바란다. 충성!

2016년 7월 14일

할아버지 글 18호

/

승공정신(勝共精神)

/

신성한 국방 의무를 즐겁게 수행하는 자랑스러운 나의 장손 정진 주현아! 너의 증조할머니가 작고하신 다음 달인 1968년 1월 21일, 눈보라치는 혹한의 날씨인데도 북한 무장공비 31명이 청와대를 습격할 목적으로 야밤에 서부전선 철책을 뚫고 산을 타고 침투했지. 그러나 청와대 부근에서 사살 29명과 도주 1명. 1명은 생포한 일명 김신조 사건과 관련하여 박정희 대통령의 지원요청에 냉담하던 미국이 이틀 후인 23일 원산 앞바다 공해상에서 미해군 83명이 승선한 첩보 수집선 푸에블로 호가 북한군에 납치되자, 미국은 즉각 항공모함 엔터프라이즈 호와 구축함들을 북한을 겨냥하여 출동시키는 것을 박 대통령이 보시고 하신 말씀. "영원한 우방도 없고 영원한 적도 없습니다. 오로지 국력을 배양하는 길만이 우리가 살 길입니다"라고 국민에게 호소하셨단다. 그러면서 그해 4월 1일 야당의 극렬한 반대에도 불구하고 250만 향토예비군을 창설하신 거란다.

김신조 사건 당시 할아버지도 양구 방산에서 전쟁발발 대비 전투준비를 했었지. 그해는 북한 공산 집단이 무수한 무장공비들을 남한에 침투시켰으나, 창설된 예비군과 군경 합동작전으로 다 물리쳤어. 하지만 우리 국민의 피해도 있었단다. 대표적인 사례가 그해 11월 초 120명을 8개 조로 나누어 울진 삼척으로 침투시켜 무고한 양민들을 많이 학살했어. 이때 무장공비에게 "우리는 공산당이 싫어요!"라고 소리 질러 말하며 공비의 칼에 입이 찢겨 죽음을 당한, 승공정신이 투철한 이승복(10세) 어린이를 너도 잘 알고 있지?! 대관령에는 당시 상황을 재현한 이승복 어린이 기념관도 있단다.

지금도 북한 공산 집단은 남한을 노리고 있으니, 우리는 일치단결 합심하며 각자 책무와 역할을 다함이 마땅하나, 그렇지 않아 매우 안타깝구나. 부디 나의 장손은 투철한 승공정신으로 국토방위에 임하기를 바란다. 승공!

2016년 7월 15일

할아버지 글 19호

공산당 침략전술

   그동안 나의 장손은 정신교육과 훈련을 통하여 국가관이 확립되고, 승공사상으로 무장된 강인한 군인정신 자세로 병영 생활을 잘할 것으로 기대한다.

   인류 역사는 전쟁의 역사라고 할 만큼 전쟁의 원인과 성격과 양상도 다양하게 많았는데, 우리나라 또한 무수한 외침과 6.25동란을 겪은 민족으로서 북한 공산당이 노리는 침략 전술이 어떤 것인지 알고 대비함이 당연하지 않겠냐?! 북한 공산당의 남한 침략 전술은 마르크스, 레닌 유물사관에 근거하여 자본주의를 멸하고 공산주의가 지배해야 잘살 수 있다며, 수많은 무장공비와 간첩들을 남파시켜 남한 사회를 혼란시키고, 무산층 노동자를 선동하고 폭동을 일으켜 남한을 정복하려는 것이다.

   또 미국을 제국주의로 몰아 한반도에서 미군을 몰아내고, 계속 우리 정부를 중상모략 선동하여 민중봉기를 일으켜 전복하려는 등, 온갖 수단방법으로 적화통일을 획책하고 있으나 거듭 실패하고, 안 되니까 핵무기와 미사일을 개발하여 무력으로 적화통일하려는 것이란다. 그래서 사드를 배치하여 북한의 핵미사일 공격에 대비하려는 것인데, 어제도 경북 성주군 주민들과 불순 세력은 극렬히 결사반대하면서, 필요성을 설명하는 국무총리와 국방장관을 6시간 이상 감금 농성했으니, 한심하지 않냐?! 외침에 대비하지 않고 있다가 7년간 참혹한 임진왜란을 초래한 우리 민족의 부끄러운 역사를 알고도 그러는지, 몰라서 그러는지, 안타깝기 그지없다.

아무쪼록 나의 장손은 확고한 국가관 확립과 승공사상을 굳게 지니고, 강인한 군인정신으로 국방 의무를 충실히 잘할 것으로 믿는다. 승공!

2016년 7월 16일

할아버지 글 20호

/

대장부 핵심 책무

/

어제는 정말 너의 전화 목소리에 엄청 놀라고 반가웠다. 네가 백발백중한 기록사격 결과로 할아버지에게 전화할 수 있는 권한을 승인받았다니, 너의 소임을 완수한 자랑스러운 결실이라 여겨져 매우 흡족하고 엄청 기쁘구나. 책임감이 왕성하고 투철한 사람은 언제 어디서 무슨 일을 하든 성공적으로 완수하려는 의욕과 집중력이 강하여 결과가 좋은 거란다. 세상만사가 하면 된다는 긍정적 정신자세에 달렸음을 주현이가 증명한 것이고 그 정신을 발현한 결과라고 생각되니, 나의 장손이 장하고 자랑스럽구나.

나라에 충성하고 정의에 살며, 조상을 숭배하고 부모에 효도하며, 대인관계 친절하고 의리를 지키며 어려운 이웃을 돕는 것이 사나이 대장부가 해야 할 핵심 책무와 역할임을 너는 알고 있는 것 같다. 백발백중 특등 사수일 뿐만 아니라, 어느 나라 어느 곳에서 무엇을 하든 너는 잘해왔으니 그렇게 느껴진다. 늘 반듯한 용모에 밝은 표정과 온유 겸손한 태도로 예의를 갖추어 인간관계를 하면서 자신의 책무와 역할을 다함이 나라에 충성하고 조상숭배와 충효정신의 발로이니, 일상생활에서도 이에 어긋남이 없을 것이라고 믿는다.

사람은 나라에 충성하고 조상숭배와 충효정신이 잠재되어 있지 않으면 그릇된 생활과 도리에 어긋난 경거망동한 짓으로 범법자가 되기 쉬우나, 조상을 섬기며 부모에 극진한 효자 효녀는 자신의 책무와 역할에 충실하면서 사회에 기여하는 바른 인물들이 많고 큰일을 하는 사람들이란다. 그래서 할아버지는 인간 생활을 주도하는 신이 있어, 그 신이 여러 성인들을 통해 "네 부모를 공경하고 이웃을 사랑하라"는 말을 했다고 생각한단다.

아무쪼록 나의 장손은 나라에 충성하고 조상숭배와 충효정신을 근간으로 즐거이 신성한 국방의무를 완수하리라 믿는다. 충성!

2016년 7월 17일_할아버지 글 21호

국가안보(國家安保)

이 달 7월은 17일 제헌절도 있지만 27일은 6.25 동란이 발발한 그해 UN군이 참전한 날이기도 하고, 1953년은 휴전협정을 체결한 날인데, 금년 27일은 너와 같이 입영한 훈련병들이 훈련을 수료하는 날이니 의미 있는 날이구나.

1950년 6월 25일 새벽 4시, 북한군의 기습 남침으로 고요하고 아름답던 우리 강산과 많은 시설들이 초토화되고, 수백만 명의 사상자와 전쟁고아, 미망인, 이산가족들을 발생케 한 동란이지. 그런데 우리 정부의 반대에도 불구하고 1953년 7월 27일 UN군이 평화협정이 아닌, 잠시 휴전한다는 뜻으로 정전협정을 체결했단다.

북한군의 기습 남침으로 우리 정부와 국군은 낙동강 이남까지 밀려 풍전등화 같은 처지였으나, 1950년 7월 27일 메시아와 같은 UN군이 참전, 1950년 9월 15일 더글러스 맥아더 장군이 이끈 인천 상륙작전이 성공하여 서울을 탈환하고, 계속 파죽지세로 압록강까지 북진했으나 대규모 중공군 인해전술 개입으로 후퇴, 지금의 분계선을 두고 2년 걸린 협상 끝에 휴전협정이 체결된 것이란다.

전혀 알지도 못하는 동방의 생소한 이 작은 땅에 UN 16개국의 군사 참전과 5개국의 의료와 물자지원으로 북한군과 치열하게 싸

거룩한 어머니 유산

워 수많은 희생자가 발생한 전쟁이 완전히 끝난 평화 상태도 아니고, 잠시 중단된 준 전시상태라는 것을 국민 모두가 깨닫고, 마땅히 국가안보에 일치단결 합심해야 하지 않겠냐?!

아무쪼록 나의 장손은 UN군 참전과 휴전협정을 상기하고 국가안보의 선두에 선 군인으로서, 조국의 평화와 국민의 생명을 수호한다는 사명감으로 국방 의무를 즐겨하면서 충실히 완수하리라 믿는다. 충성!

2016년 7월 18일

할아버지 글 22호

/

필승의 신념

/

6.25 동란이 한참인 1951년 6월, 당시 소련의 요구로 동년 7월 10일부터 시작한 휴전 협상은 여러 문제로 지연되면서, 피아 쌍방은 교착 상태에서 한 치의 땅이라도 더 뺏으려고 치열하게 싸웠는데, 그 중 하나를 요약해 소개한다.

1951년 12월 중순 경기도 파주지역 노리고지 전투. 이 고지는 현재 군사 분계선 상 임진강을 끼고 11시에서 5시 방향으로 뻗어 있는 표고 110m 내외의 작은 두 봉우리로, 약 300m의 거리를 두고 북쪽 대 노리고지엔 중공군 1개 중대가 점령하고 있었고, 남쪽 소 노리고지엔 아군 1개 중대가 점령 방어하고 있었는데, 야간 공격에 능숙한 중공군이 야음을 타고 소 노리고지를 탈취했다.

탈취당한 아군은 대대병력으로 수차 공격했으나 거듭 실패하고 ,새로이 투입된 대대장은 양 고지에 각각 중대병력으로 공격하여 되찾았는데, 소 노리고지로 공격한 중대는 많은 희생자를 내면서도 하사관이 이끄는 소대가 완전히 탈환했고, 대 노리 고지를 공격하던 중대는 거의 다 전사하고 겨우 20명 정도의 병사만이 돌격선상에 횡으로 엎드려 요지부동했지. 그러다가 불현듯 한 병사에 의해 거듭 반복 돌격하며 탈취하는 광경을 후방 대대 관측소에서 국군 지휘관과 같이 관전하던 미1군단장은 손에 땀을 쥐고 보면서, 저렇게 용감한 병사는 30년 군대 생활에 처음 본다며 소 노리고지를 탈환한 소대장 대행 하사관과 대 노리고지 돌격을 지휘 탈취한 박관욱 일병에게 미1군단장은 불사조(Phoenix)라고 감탄하며 미국 무공훈장을 수여했다고 한다.

승리 요인: 대대장 전투경험 판단과 근접화력 지원, 순박한 전투병의 필승 신념.

이 전사 내용은 할아버지의 직속상관이던 백두산 부대 사단장의 대대장 시절 노리고지 전투 경험담이었음을 첨언한다. 필승!

2016년 7월 19일

할아버지 글 23호

거룩한 어머니 유산

인간 완성 종합대학

할아버지가 어제 정기적으로 모이는 군 동기들 모임에 다녀왔는데 날씨가 무척 덥더군. 모임이 끝나고 귀가하면서 남대문 전자시계 상점에 들러서, 주인이 권하는 튼튼하고 고장이 없어 좋다는 카시오 시계를 선택하고, 먼저와 같은 시계 하나를 더 준비했다. 네가 입영할 때는 못 가봐서 대단히 아쉬웠고 무척 서운했는데, 수료식에는 참석할 수 있을 것 같으니 그때 갖고 가서 주마.

일기예보에 연무읍 날씨도 뙤약볕 아래 32도나 되더군. 얼마나 힘드냐?! 그러나 너를 단련시키는 것이라고 긍정하고 즐거이 하면 한결 가벼울 거다. 빈천지교 불가망(貧賤之交 不可忘)이라는 말과 같이, 어려움에 처한 사람을 도우면 그는 고마움을 잊지 않아 복되는 일이니, 네 주위에 그런 사람이 있으면 주저하지 말고 성의껏 배려하고, 또 그런 마음자세로 복무하기 바란다.

어제 모임에서 할아버지 군 동기 중 한 사람은 도울 수 있는 위치에서도 어려운 처지의 동기를 외면하고 괄시했다고 하던데, 그 동기 말년이 안 좋더군. 인간 생활의 행복과 불행은 가까운 주위 사람과 관계를 어떻게 하느냐에 따라 결정되는 거란다. 착한 일을 쌓으면 행복이 되지만 무시하고 못된 일을 거듭하면 불행이 오고 재앙이 되는 거야. 군대라는 곳은 전국 각지에서 다양한 성품 사람들이 모여 함께하는 병영 생활을 통하여 인간관계 기술과 지혜를 배우고 경험하고 단련할 수 있으니, 군대를 학교로 인식하고 인간관계를 잘 익힌다면, 성숙한 인품을 갖출 수 있는 인간 완성 종합대학이라고 할 만하단다. 하지만 부정적 사고로는 아무것도 얻지 못하고 인간성 미숙아로 전역하는 거지. 군대는 아기만 못 낳고 사람이 하는 일은 다 할 수 있고 경험할 수 있으며, 복잡한 인간관계를 터득할 수 있는 곳이니, 좋은 대학이라는 거야. 충성!

2016년 7월 20일

할아버지 글 24호

조건반사적 행동

이제 일주일 후면 수료하는 모양이구나. 네가 소속한 제27교육연대 8중대 1소대 4분대 훈련병들이 2교육대 건물 앞에서 촬영한 모습을 보니 알겠다. 입소 후 처음 사진 모습은 늠름했지만, 미숙한 부동자세로 거수경례하며 1명을 제외하고는 얼굴 표정이 거의 굳어 있었는데, 수료 기념사진은 자유로운 모습으로 밝은 표정들이니, 할아버지는 그렇게 생각하고 있단다. 얼굴 표정은 마음 상태를 나타내는 사람의 간판 역할이라 몸가짐의 기본이고, 대인관계에서도 용모와 더불어 표정이 매우 중요한 역할을 하지.

훈련병 생활도 다돼가니 그동안 훈련받은 내용은 익숙하게 잘 숙달되어 있다고 자신하느냐?! 조건반사적 행동을 요구하는 군사 정규훈련 과정을 거치며 훈련을 받았으니, 조건반사적 행동이 일상 사회생활에서도 적용되어야 진짜다. 조건반사적 행동이란 차를 모는 운전자가 신호등에 따라 반사적으로 행동하는 것을 말하는데, 일상생활에서도 잘못된 것을 보면 반사적으로 개선하는 등, 불결한 것을 보거나 틀린 것을 보면 즉시 교정하는 행동을 말하는 거다. 진짜 사나이들의 요람 육군 훈련소 2교육대 출신답게 조건반사적 행동이 습관화되면 너는 어디서에나 환영받고 사랑받는 성숙한 사람이 되는 거야. 부디 잘 숙련된 군인다운 모범병사가 되어 육군 훈련소를 떠나 어느 부대로 배치되든, 환영받고 사랑받는 자랑스러운 나의 장손이기를 바란다. 충성!

2016년 7월 21일

할아버지 글 25호

장손의 편지

지난 7월 16일 네가 전화하면서 11일 편지를 보냈다고 해서 매일 편지함을 확인하며 기다리고 있었는데, 어제 7월 21일 오후에야 반갑게 받아보았다. 오랫동안 너의 편지를 받지 못해 배달이 잘못 되어 딴 데로 갔다고 생각하고 있었는데, 어제야 비로소 정성스럽게 쓴 너의 편지를 받고 할머니와 같이 읽어보고, 네가 훈련받는 어려움을 이겨내고 있음을 느꼈다. 장하다 내 장손!

그런데 글씨를 조금만 더 크게 썼으면 읽기가 좋으니, 그리하면 좋겠어. 그리고 방배동에는 래미안 아파트가 여기 말고 또 있어서, 번지 없이 서초구 방배동 래미안 아파트 000동 000호라고만 기록하면 안 돼. 어느 날 수신인이 내가 아닌 딴 사람 택배물이 이곳으로 왔기에 기록된 전화번호로 할아버지가 알려주니 수신인이 고맙다고 찾아간 적이 있었거든. 할아버지 집 주소는 서울특별시 서초구 방배 선행길 2, 방배 래미안 아파트 000동000호 우편번호 06760이야. 잘 기록해둬라.

다음 주 수요일 오전 10시 30분 입영 심사대에서 너의 수료식이 있다고, 모바일 초청장을 너의 아버지가 그제 할머니에게 보내줘 알고 있다. 교통편을 확인해보니 기차로는 너의 수료시간을 맞출 수가 없어서, 오전 6시 30분 출발하는 연무대 행 고속버스 표를 예매하여 갈 예정이다. 네 모습이 더욱 건장해지고 튼튼

거룩한 어머니 유산

194

해졌으리라 상상하지만, 실제 모습이 어떤지 어서 보고픈 마음에 그날이 기다려진다. 부디 병영 생활을 즐겨라. 정진(正眞)!

2016년 7월 22일

할아버지 글 26호

/

박정희 대통령

/

우리 국군이 월남전 파병 조건으로 전투 장비를 현대화하는 와중에 M16 소총 수입에 대한 감사 인사차 미국 M16 소총 제작 회사 임원이 박정희 대통령을 예방하여 대화한 내용을 우리나라 군인이라면 알아야 할 것 같아 소개한다.

무더운 여름, 박 대통령이 허름한 러닝셔츠 차림에 부채로 더위를 식히며 서류더미에 묻혀 집무하시는 모습을 본 미국 임원은 "무더위에 이렇게 일하시느냐?"고 물었대. 그러자 박 대통령은 상의를 입으시며 에어컨을 직접 작동시키면서, "우리 농민들 생각하면 나는 신선놀음입니다"라고 하셨단다. 이 말에 미국 임원은 긴장하여 "M16 소총을 수입해주셔서 감사합니다" 하고 답례로 준비한 100만 달러를 드렸대. 그러자 "이게 뭐요?" 하며 확인하시고는 "이 많은 돈을 다 나에게 주는 거요?" 하고 놀라시며 말씀하시니, 그 임원은 내심 "돈에는 별수 없는 사람이구나"라고 생각했단다. 그런데 대화 끝에 박 대통령 왈 "나에게 준 이 돈은 내 형제 내 자식들이 뜨거운 월남 땅에서 피 흘린 돈이요, 이 돈만큼 M16 소총을 우리에게 주시요"라고 말씀하시며 100만 달러를 다시 돌려주셨다더군. 그러자 그 임원은 감탄하며 미국으로 돌아가 "나는 한 나라의 대통령을 만나고 온 것이 아니라, 인자하신 아버지의 모습을 보고 왔다"라는 내용의 글을 미 언론에 기고해서 알려진 사실이란다. 참신하고 진실한 지도자 박정희 대통령의 언행, 감동스럽지 않냐?!

한국군 월남파병(1964-1973)은 군대뿐만 아니라 조국 근대화 발전에 지대한 공이 있었음을 우리 모두 잊어서는 안 된다.

정진(正眞)! 안전제일이다. 안녕!

2016년 7월 23일

할아버지 글 27호

/

위국헌신(爲國獻身)

/

대한국인 안중근 의사! 동아시아 열강들이 각축을 벌이던 일제강점기 암흑시대에 조국의 운명이 쇠퇴 일로에 있을 때, 분연히 일어나 겨레를 일깨운 대의인(大義人) 안중근 의사, 그의 뒤엔 어머니 조만 여사가 계셨단다.

안중근 의사는 부친 안태훈과 모친 조만(세례명: 마리아)의 장남으로 1879년 9월 2일 황해도 해주에서 태어나 1910년 3월 26일 순국하시기까지, 30년 7개월의 생애에 지대한 영향을 준 사람은 어머니 조만 여사임을 다 아는 사실이다.

안중근 의사가 하얼빈 역에서 이등방문을 저격한 후 일본 경찰과 헌병들이 누차 어머니를 찾아와 괴롭히며 "당신 아들이 이토 공작을 살해하여 두 나라가 큰 변란이 일어났는데 이렇게 태연할 수가 있느냐? 당신이 자식을 잘못 키운 탓인데 그래도 죄가 없다고 발뺌하겠느냐?"라고 윽박 질렀다. 그러자 어머니는 "내 아들이 나라 밖에서 무슨 일을 저질렀는지는 내가 알 바 아니지만, 이 나라 국민으로 태어나 나라 일로 죽는 것은 국민의 의무요 도리다. 내 아들이 나라 위해 죽는다면 나 역시 아들 따라 죽을 따름이다"라고 의연히 항변하셨다고 한다. 그 내용이 당시 신문 〈대한매일신보〉 1910년 1월 29일자 '시모시자(是母是子: 그 어머니에 그 아들)'라는 제목으로 났다더라.

뿐만 아니라 형무소에 있는 아들에게 보낸 마지막 편지에는 "네가 만약 늙은 어미보다 먼저 죽는 것을 불효라고 생각한다면, 이 어미는 웃음거리가 될 것이다. 너의 죽음은 너 한 사람의 것이 아니라, 조선사람 전체의 공분을 짊어지고 있는 것이다. 네가 항소한다면 그것은 일제에 목숨을 구걸하는 것이니, 네가 나라를 위해 이에 이른즉, 딴 맘 먹지 말고 죽으라. 옳은 일하고 받는 형이니 비겁하게 삶을 구걸하지 말고, 대의로 죽는 것이 어미에 대한 효도다. 아마도 이 편지가 어미가 너에게 쓰는 마지막 편지가 될 것이다.

여기에 너의 수의를 지어 보내니 이 옷을 입고 가거라. 어미
는 현세에서 너와 재회하기를 기대치 않으니 다음 세상에서 반
드시 선량한 천부의 아들이 되어 이 세상에 오너라." 어미 조만.
정진(正眞)! 위국헌신군인본분(爲國獻身軍人本分)이다. 안녕!

2016년 7월 24일

할아버지 글 28호

/

순국정신(殉國精神)

/

순국(殉國)이란 나라를 위해 목숨을 바친다는 뜻인데, 수많은
순국선열 중에서 가장 먼저 떠오르는 사람이 안중근 의사와 유
관순 열사라고 생각한다.

일제강점기 암흑시대에 대한독립을 위해 두 분은 꽃다운 젊은
나이에 죽음 당하면서도 일제에 항거하셨다. 특히 만 18세도 안
된 여성의 몸으로 옥중에서 온갖 모질고 악랄한 고문에도 불구
하고, '대한독립만세'를 외치며 죽음을 당하신 유관순 열사의 유
언은 우리 민족의 나라사랑 정신으로 늘 살아 있기를 나는 바라
고 있단다. 유관순 열사의 유언이다. "내 손톱이 빠져 나가고 내
코와 귀가 잘리고 내 손과 다리가 부러져도 그 고통은 이길 수

있으나, 나라 잃은 고통만큼은 견딜 수가 없습니다. 나라에 바칠 목숨이 오직 하나밖에 없는 것만이 이 소녀의 유일한 슬픔입니다." 서대문 형무소 옥중에서 유언으로 남기신 이 글을 볼 때마다, 할아버지는 마음이 숙연해지며, 나라를 위해 나는 앞으로 여생을 무엇을 어떻게 해야 하나 고민 중이란다.

남성을 대표하는 안중근 의사의 위국헌신과 여성을 대표하는 유관순 열사의 나라사랑 순국정신을 국민 모두의 가슴에 깊이 간직하면 얼마나 좋을까! 그래서 할아버지는 두 분의 얼굴 모습을 담은 화폐를 발행, 국민 모두가 사용함으로써 그분들의 정신을 되새겨 화합되기를 바라고 있다만, 능력이 돼야지.

부디 나의 장손은 두 분의 극진한 나라사랑 정신으로 즐거이 국토방위에 임하며 대한민국의 자랑스러운 육군 용사가 되기를 바란다. 충성! 정진(正眞)! 지피지기 백전불태(知彼知己 百戰不殆)는 대인관계에서도 응용된다. 안녕!

2016년 7월 25일

할아버지 글 29호

/

할아버지의 소망

/

드디어 내일 육군 훈련소 신병훈련 현역 5주 정규과정을 수료

하는구나. 그동안 수고 많았다. 축하한다. 수료(졸업)는 다른 부대
(사회)로 가는 출발이니, 마음 놓지 말고 새롭게 준비하는 정신 자
세가 되어야 한다. 알고 있겠지만 할아버지의 간절한 소망을 마
지막 인터넷 편지로 전한다.

첫째: 인간 생활에서 가장 귀하고 아름답고 영원한 것은 진실
(정직+성실+예의)한 생활이다. 그러므로 늘 진실한 자세로 자신의
책무와 역할을 다하고, 온갖 시련과 고난이 닥쳐도 반드시 슬기
롭게 극복하며, 자랑스러운 성공·승리에도 교만하지 말고 늘 온
유·겸손하라는 것이고,

둘째: 자연의 섭리를 알고 중심을 섬겨 교류하며, 자신의 신분
과 분수를 지켜 안락한 요행의 길은 가지 말고, 예의와 질서를 필
히 준수하며 고매한 도덕성을 견지하고, 약자를 가엽게 여겨 돕
고 배려하는 참 사람이 되라는 것이고,

셋째: 지(知, 과학)·정(情, 예술)·의(意, 철학)의 사고와 관찰로 혈족과
조국·인류의 역사를 정확히 인식하고, 미래지향적 인격과 의지를
굳게 다지며, 끊임없이 가정과 조국과 의를 위하고, 인류공영에
이바지하는 올곧은 참 일꾼이 되라는 것이며,

넷째: 하늘이 내려준 양심과 도의를 더욱 향상시켜 결실을 맺
어야 할 책임은 오로지 자신뿐이므로, 자기 자신과의 싸움에서
늘 자승하며 공명한 평정심(平靜心)을 유지하도록 조상의 가호와
신의 축복이 내려지기를 간절히 소망하며 두 손 모아 기원하고
있단다.

거룩한 어머니 유산

나의 장손 정진(正眞)은 할아버지의 소망을 깊이 간직하고 가문의 번성과 인류공영에 이바지하려는 참사람으로서 참 일꾼이 되어가는 과정이라고 생각한다. 내일이면 기다리고 기라리던 너를 만나보겠구나. 수료를 축하한다.

(지〔知〕: 결과를 보고 원인을 밝혀 활용하는 과학적 관찰력, 정〔情〕: 삶의 희로애락을 예술적으로 발현하는 능력, 의〔意〕: 자연과 사물의 이치를 알고 생활화하는 철학적 사고력)

2016년 7월 26일

할아버지 글 30호

장손이 조부모에게
보낸 편지

/

조부모에게 보낸 장손의 편지

/

할아버지 할머니께,

할아버지 할머니! 잘 지내시죠? 저는 2주차 훈련을 마치고 3주차 훈련에 접어들기 전 주말을 맞이하고 있어요. 입영 처음에는 낯선 환경에 적응이 잘 안 돼 애를 먹었지만, 지금은 저를 잘 챙겨주는 전우 동기들과 친절한 분대장들의 도움으로 많이 좋아졌어요. 그리고 여기서는 욕설, 폭언, 폭력과 막말을 못 하게 하기 때문에 옛날 군대하고는 많이 달라요. 조교들도 동네 형처럼 친절하게 훈련병들을 대해주고 있고, 군대 밥도 좋아 맛있게 먹고 있어요. 야간 불침번은 이틀에 한 번씩 서지만 잠은 충분히 잘 자고 있고요.

훈련1주차 행진 구호는 '위국헌신 군인본분' 안중근 의사 말씀이었고, 2주차 구호는 '지피지기 백전불패'인데, 이와 관련하여 북한군 전술과 화생방을 배웠어요. 화생방 훈련은 TV에서 보는 것과 다르게 K-1 방독면을 착용하고 숨도 잘 참으니까, 아무렇지도

거룩한 어머니 유산

202

않게 무난하게 임무를 완수했어요. 그리고 며칠 전 우리 훈련병을 대상으로 한국 역사와 군 역사에 대한 정훈 평가를 실시했는데, 사전에 공부를 열심히 한 제가 중대 전체에서 1등해서 기분이 좋아요.

3주차에는 개인 화기에 대한 교육 훈련인데, 오늘은 지급받은 K-2소총을 손질하여 훈련받을 준비를 했어요. 한 주간 훈련 과목은 수류탄 주야간 사격술 영점사격, 기록사격 등을 훈련 받을 예정이고요, 구호는 일발필중 백발백중이래요. 분대장들과 전우들 말에 의하면, 훈련4주차 각개전투 훈련이 훈련 중에 제일 고되고 힘들다고 하더군요. 여기 군대 와서도 틈틈이 체력 단련을 하고 있지만, 체육대학교를 다니던 동기들과 함께 훈련하니 많이 뒤처지더라고요.

훈련 때문에 편지를 자주 못 보내드리는데, 이 편지도 일주일에 한번 보낼 수 있는 효도 서신으로 할아버지 할머니께 저의 소식을 전해 드리는 거예요. 저 장손은 입대 후 할아버지께서 매일 보내주시는 인터넷 편지를 읽어보고 위안과 힘을 얻으며 건강하게 잘 지내고 있어요. 염려하지 마세요! 저는 가족과 나라를 지킨다는 굳건한 정신과 튼튼한 몸을 가진 군인으로서 거듭날 것이니 할아버지 할머니도 만수무강하세요! 수료식 때 뵈올게요!

장손 이주현 올림

현세는 물론 다가올 미래 사회에서도
다양한 생활 양상과 가치관으로 수많은 직종과 직업에 종사하면
서 급속히 변화하는 다원화된 사회에서 사람들은 경쟁적으로 살
아갈 것이 분명하다. 급속히 변화하는 사회 환경에서 잘 적응하
고 대처(適者生存)하려면, 모든 분야의 기초지식은 물론이고, 자기
분야의 전문지식을 완벽하게 구비하여 그 실력을 충분히 발휘할
수 있어야 한다. 그래야만 어느 조직 환경에서나 그 역할을 주도
적으로 수행하며 생활할 수 있는 것이다.

그렇다고 소유 지식에 의한 탁월한 실력과 풍족한 재물만 있으
면 행복하게 잘살아갈 수 있다고 생각해서는 안 된다. 실력과 재
물보다 더욱 중요한 것은 올바른 사고력(思考力)에 따른 인성(人性)
과 예의바른 겸손한 생활태도를 갖추는 것이다. 그래야 평화로운
분위기에서 행복하게 살 수 있음을 알아야 한다.

일체유심조(一切唯心造)라는 경구(警句)와 같이, 세상의 모든 일

은 사람의 마음이 만드는 것, 즉 긍정적인 정신 자세(PMA: positive mental attitude) 여하에 따라 생활 양상이 다르기 때문이다. 그 마음과 정신 자세란 안이비설신 오관(眼耳鼻舌身 五官)을 통하여 느끼는 사람의 의식(意識)과 감정, 인식 등 모든 생각 작용 총체를 말하는 것이다.

이러한 생각 작용은 사람마다 타고난 성품과 성장환경, 교육 정도에 따라 결정되지만, 가장 중요한 조건은 출생한 어린 아이의 성장 환경을 주관하는 부모의 가치관과 성향이다. 그러므로 한 가정의 부모는 자녀들의 의식구조와 인성(人性)을 조각하여 참사람을 만들어야 하는 작가(作家)며 절대적 존재다. 따라서 부모는 일류 작가라는 투철한 사명감을 가지고 가정을 늘 화목하게 이끌어가며, 가정의 안정과 평화를 도모하여 자녀들이 창조적인 영감(靈感)을 유발(誘發)할 수 있도록 주도해야 한다.

특히 부모 중에서도 자녀들과 밀접한 어머니 영향을 많이 받게 되므로, 아기의 첫 스승이 되는 어머니의 성향과 언행은 자녀들의 가치관과 생활 태도를 좌우하게 된다.

천자문(千字文)에도 외수부훈 입봉모의(外受傅訓 入奉母儀)라 하여, 밖에서는 선생님의 가르침을 받고 집에 와서는 어머니 거동을 본받는다고 했다. 그만큼 어머니의 언행과 생활 모습은 자녀들에게 반드시 귀감이 되어야만 한다. 그러나 부모의 성향과 영향이 안 좋았다고 해도 자녀가 성장하면서 깨달음의 안목을 가지고 성숙한 사람이 되었다면, 스스로 자신을 개발하고 발전시켜 나갈 것이지만, 이는 좀처럼 보기 드문 현상이다.

Epilogue

스스로 깨달아 성공한 자는 하늘이 내려준 영특한 사람이고, 대다수 보통 사람들은 가정환경에서 부모의 영향을 가장 많이 받고 성장한다. 그러므로 부모는 최소한 다음 4가지 사항을 확고히 견지(堅持)하고 반드시 실천하면서, 자녀들에게 올바른 정신 자세와 생활 태도를 유산으로 남겨야 한다. 이것이 세상에서 가장 위대한 유산이라고 나는 확신하며, 자손 대대로 연속시켜주기를 바라면서 아래와 같이 4대 정신을 유언으로 남기는 것이다.

첫째: 중심(中心)을 섬기고 교류 소통(交流疏通)을 잘하라!

천체(天體)의 행성(行星)들이 스스로 자전(自轉)하면서 태양을 중심하고 질서정연하게 주기적으로 공전(公轉)하는 신비한 우주섭리와 같이, 인간 생활에서도 나 개인은 하늘이 내려준 자신의 양심과 도의를 중심하고 자전적으로 생활하면서, 가정에서는 가장을, 학교에서는 선생님을, 사업장에서는 고객을, 조직사회에서는 리더를, 위정자들은 국민을 중심으로 섬기며, 공전적인 교류와 소통을 원활히 함으로써 힘이 발생하고 기쁨과 행복을 누릴 수 있는 것이다. 성숙한 사람이라면 현재의 위치에서 자신의 중심이 어딘지를 인식하고, 그 중심을 진실한 마음으로 섬기고, 공전적인 교류와 소통을 원활하게 하면서, 자신의 책무와 역할을 충실히 자전적으로 수행해야만 인간 생활을 순조롭게 유지할 수 있고 기쁨과 행복을 누릴 수 있다는 것을 깨달을 것이다.

특히 가정에서는 아내가 남편을 가정의 중심으로 확실히 세우고, 가장의 영(令)과 권위를 지켜주는 것이 행복한 가정환경을 만

거룩한 어머니 유산

들어갈 수 있는 가장 기본적이고 최우선적인 필수조건이다. 『명심보감』〈부행편(婦行篇)〉에도 어진 부인은 남편을 귀하게 여기나 악한 부인은 남편을 천하게 여기고(賢婦令夫貴 惡婦令夫賤), 집에 어진 아내가 있으면 남편이 화를 당하지 않으며(家有賢妻 夫不遭橫禍), 어진 부인은 6친(父母兄弟夫子) 관계를 화목하게 하나 간악한 부인은 6친 관계를 파탄케 한다(賢婦和六親 佞婦破六親)라고 했다. 구약성서 잠언 12장 4절에도 어진 여인은 그 지아비의 면류관이나, 욕(辱)을 끼치는 여인은 그 지아비의 뼈를 썩음 같게 한다고 했다. 그만큼 부인의 역할은 중대하다.

따라서 가정을 이루려는 여성은 남편을 중심하고, 가문의 번성과 화목을 위하는 마음가짐과 실천이 따라야 온전한 평화와 행복을 누릴 수 있는 것이다. 가정이란 천지우주 음양섭리의 축소판으로서 가족 구성원의 행복과 사랑, 자유와 평화를 공유하고 누릴 수 있는 인간 삶의 뿌리요 영원한 안식처이므로, 한 가정의 부인은 집안 분위기를 주도하는 대단히 중요한 역할을 담당한다.

그런데 가정의 살림과 분위기를 주도하는 아내가 객관적인 지식과 철학도 없이 남편을 경시하고 자신의 주관대로 자녀들을 자녀 중심으로 과잉보호하며 양육하면, 가정의 질서유지는 매우 어렵고, 가문의 전통과 문화도 만들어갈 수 없을 뿐만 아니라, 그런 가정환경에서 성장한 자녀들은 매사 자기중심적이고 공동체 의식이 부족하여 더불어 사는 조직사회에서 적응하기도 어렵다. 또 협동심과 경쟁력이 약하여 스스로의 힘으로 인생을 개척하면서 자립하기가 매우 어렵다는 것을 과거나 지금이나 온 세상이 다

증명하고 있다.

어느 사물(事物)에서나 중심축을 튼튼하게 잘 세우면 계속 존속하기가 쉬운 것처럼, 인간 생활의 원칙도 중심축을 섬기고 잘 교류 소통하면서 생활해야 힘이 생기고 즐겁게 존속되니, 한 가정의 아내는 남편을 가정의 중심으로 섬기고 받들며 가정 분위기를 화목하게 이끌어야 할 책무와 역할이 막중함을 가슴 깊이 인식하고 실천해야 한다. 자고로 훌륭하게 성공하여 존경받는 인물 뒤에는 부인이나 어머니가 있었음을 역사가 증명하고 있지 않은가!

물론 구심점이 되는 중심 위치의 사람은 자신의 양심과 도에 입각하여 매사를 공명정대하게 처리하면서, 대의와 공익을 우선하여 사심(私心) 없이 자신의 책무와 역할을 다해야 한다. 특히 한 가정의 가장은 가족 모두가 믿을 수 있는 품행과 의식주를 해결할 수 있는 최소한의 경제력을 갖추어 가족을 보호 육성하고 번성시켜야 한다. 그런 책무와 역할을 반드시 100% 완수해야만 한다.

어느 조직에서나 구심점이 되는 중심적 위치에 있는 자가 자신의 위신과 체면만을 내세우거나 능력이 모자라 주어진 책무와 역할을 소홀히 하고 못 하면, 그는 구성원들에게 고통과 괴로움만 안겨줄 뿐, 기쁘고 즐거운 행복한 생활은 기대하기 어렵다. 이런 사람을 세상에서 제일 못난 사람이라고 한다.

둘째: 자신의 신분(身分)을 알고 분수(分數)를 지켜라!

자기 자신의 수준과 어느 위치의 신분에서 생활하는 사람인지 주제를 파악하고, 그 신분에 맞는 언행과 생활태도가 되어야 한다는 것이다.

가정에서 아버지는 가장이면서 아내의 남편이고 부모의 아들이며 사위로서, 어머니는 남편의 아내이고 부모의 며느리며 딸로서, 자녀들은 자손의 도리와 배우는 학생으로서 책무와 역할을 충실히 이행해야 하며, 가정생활 형태가 경제적·문화적·사회적으로 자신들의 생활수준에 맞추어야 한다.

이러한 가정환경에서 현명하게 깨닫고 성장한 자는 부모를 받들고 섬기면서 자신에게 관련한 모든 일은 스스로 해결하고 성취하고자 하는 의욕이 강하여, 땀 흘려 살아가는 것을 당연한 것으로 알지만, 깨닫지 못하고 우매고루(愚昧固陋)한 자는 장성해서도 부모의 가치관은 안중에도 없고 염치없이 부모의 재산이 자기 것인 양 경제적으로 의존하면서도, 효심은커녕 자신의 주제꼴도 모르고 정신 상태가 나약하여 가정에서나 사회에서 문제가 되는 사람들이다. 이런 사람들은 대다수 책임감이 없고 자립심과 경쟁력이 약하여, 요행과 공짜를 바라는 사행심(射倖心)이 많고 사치허영과 허풍허세가 심하다.

자신의 신분과 분수를 초월한 언행으로 생활하거나 대가 없는 공짜를 바라는 정신 자세는 스스로 자멸하는 지름길이라는 것을 확실히 명심해야 한다. 노력의 대가가 아닌 공짜는 공짜 인생을 만들고, 공짜 인생이 가는 곳이 어딘지는 지나간 역사와 현세를 살펴보면 곧 알 수 있지 않은가?! "너 자신을 알라"는 유명한 성인의 말씀은 자신의 신분을 알고 분수를 지켜 땀 흘려 노력하며 자력으로 살라고 당부한 위대한 명언이라고 나는 해석한다.

셋째: 예의질서(禮儀秩序)와 법(法)을 준수(遵守)하라!

스스로 생명을 유지하는 자연의 모든 생물들은 자신의 이득만을 쫓고 챙기지만, 이성을 가진 인간이라면 누구나 예의질서와 법을 준수해야만 한다. 이러한 예의질서와 법은 같은 선상의 상하 개념이다. 원활한 인간 생활을 위해 당연히 지켜야 할 예의질서와 도리가 무엇인지 정확히 알아야 하고, 반드시 이를 실행해야 행복할 수 있는 것이다. 아니하면 불행하게 된다.

자유 민주국가를 지탱하는 것도 예의와 질서는 물론이고 제(諸) 법을 모든 국민이 준수해야만 자유와 권리가 보장되는 것처럼, 법의 상위개념인 예의범절 또한 인간 생활에서 지극히 중요하고 필히 실행되어야 하는 것이다.

예(禮)란 사람이 마땅히 지켜야한 도리로서 사양지심(辭讓之心)이요 견득사의(見得思義)라. 이득을 보면 정당한 것인지 부당한 것인지 판단하고, 정당한 것이라도 사양하는 마음을 가져야 하고, 부당하고 잘못된 이득이라면 올바르게 교정시켜야 한다. 자신이 교정시킬 신분이 아니라면 부당한 이득을 멀리하고, 어떠한 상황과 환경에서도 비례물 시청언동(非禮勿 視聽言動)하라는 가르침대로, 예가 아니면 보지도 듣지도 말하지도 행하지도 말아야 한다.

예의범절은 인간생활 어디에서나 윤활유와 같은 역할을 하기 때문에, 사소한 예절이라도 소홀히 하면 어느 조직에서나 반목과 갈등 분쟁이 유발하여 큰 문제를 야기한다. 그러므로 인간 생활에서 제일 중요한 최우선 실천 사항이다. 세계 제일의 최강국인 미국에서도 "하늘 아래 제1법칙은 질서다"라고 할 만큼 인간

거룩한 어머니 유산

210

생활에서 예의질서 의식은 대단히 중요한 것이다. 왜냐? 예의범절과 질서적인 생활태도는 보이지 않는 무형의 힘이 발생하여 인간생활을 원활하고 편안하게 하며, 안정되고 평화로운 생활을 유지할 수 있기 때문이다.

가정생활에서도 부부는 가족관계 우선순위를 잘 결정하고 생활해야 화목할 수 있다. 그러므로 부부의 마음가짐은 대단히 중요하다. 부부지도 상경여빈(夫婦之道 相敬如賓)이라는 가르침과 같이, 부부는 서로를 지혜롭게 첫째로 제일 귀하게 대접하고, 그 다음 양가 부모, 그리고 다음이 자녀라고 여기며 생활해야 한다. 그래야만 가족관계 유대(紐帶)가 원만하여 가정의 평화를 누릴 수 있는 것이다.

이와 같이 예의질서 의식은 온전(穩全)한 평화를 유지하기 위해 일정한 규칙이나 순서를 지키는 것으로서, 이는 자신의 생활 환경부터 정리정돈하고 청결하게 유지하는 습관이 되어야 심신(心身)이 맑고 깨끗하여 화목할 수 있는 환경이 되는 것이다. 정리정돈이 안 되고 불결한 생활 환경은 사람 특히 면역성이 약한 유아 어린이 신체 건강에 지극히 나쁜 영향을 줘서, 호흡기 장애, 피부병, 비염, 안질, 전염병, 돌림병 등 각종 질환을 발병시켜 어려움을 당하게 한다. 뿐만 아니라, 깨진 유리창의 이론과 같이 문란한 질서와 불결한 환경을 방치하면, 각종 질병 발생은 물론 정신건강에도 안 좋고 범죄가 유발되는 등, 불쾌하고 가난한 생활을 면치 못할 것이니, 이는 곧 불행으로 가는 길이다.

넷째: 고매(高邁)한 도덕성을 견지(堅持)하라!

이 혼탁한 풍진세상에서 사람이 완벽한 언행으로만 생활할 수는 없지만, 장성한 성년인데도 고의적으로 잘못을 행하는 자는 못된 자니, 그런 사람하고는 상대도 하지 말아야 한다. 자신도 모르게 무의식 중 잘못을 했다면 즉시 뉘우치고, 진심으로 사과하며 개선해야 사람다운 참사람인 것이다.

자신의 자녀들도 잘못이 있으면 덮어주거나 역성드는 일은 절대로 없어야 하고, 즉시 반성시켜 깨우쳐주고 동일한 잘못이 반복되지 않도록 해야 한다. 자신이 잘못하고도 자존심과 체면 때문에 구구한 변명과 이유로 자신의 합리성만 주장한다면 치졸한 인간으로 취급받고 불행한 삶을 면치 못한다는 것을 주지시켜야 한다. 잘못에 대한 구구한 변명이나 이유 등 잡다한 구실은 추호도 허용하지 말아야 하고, 즉시 개선하려는 회개(悔改)의 자세만이 자신의 인격과 품위를 올려주고 발전시키는 것임을 명심불망(銘心不忘)시켜야 한다.

또한 인간 생활에서 대인관계를 하다 보면, 사람마다 장단점이 있음을 발견하게 된다. 하지만 장점은 본인이 없는 데서 말해야 하며, 단점은 당사자에게만 조용히 충고하고 격려하는 품성을 지녀야 한다. 자신의 잘못을 알려주면 온유겸손한 자세로 진실하게 뉘우치고 개선하는 사람은 아름다운 도덕성을 견지한 사람이다. 이런 사람은 스스로 마음의 평화를 누리며, 행복하게 잘살아가도록 하늘의 도움과 보호를 받아 앞날에 운(運)이 좋아진다는 사실을 확신하고 반드시 실행해야 한다.

공자 말씀에도 위선자는 천보지이복이요 위불선자는 천보지이화(爲善者 天報之以福 爲不善者 天報之以禍)라 하셨으니 늘 착하게 살아야 하는데, 그렇지 않고 말과 행동이 표리부동하고 아는 척, 잘난 척, 있는 척, 모르는 척, 잘못이 없는 척 허풍허세 부리거나 과시적인 오만하고 교만한 언행으로 생활하는 사람은 기어이 스스로 자멸하고, 인생 말로가 비참해지는 것을 나는 많이 보았다. 만약 부주의로 도덕성을 잃거나 망각하면 치명적인 해(害)를 당하니, 반드시 스스로 고매한 도덕의 잣대를 굳게 지니고 필히 온유 겸손하게 살아야 한다.

사람은 누구나 다 자신의 의사(意思)와는 관계없이 세상에 태어났으나, 성장 환경에서 얻은 지식과 자신의 사고력(思考力)에 따라 형성된 의식에 준하여 인생의 결과가 다르다는 것을 깊이 인식하고, 일촌광음 불가경(一寸光陰 不可輕)이라, 시간을 헛되이 하지 말고 순간순간마다 알차고 의미 있는 생활이 습관화될 수 있도록 올바른 사고력과 생활 태도를 갖추어야만 하는 것이다. 그렇다고 재물은 경시하고 올바른 사고력과 생활 태도만을 중시하라는 것이 아니라, 인간 생활의 주체는 어디까지나 온건한 사고력과 인성으로 예의 바른 생활 태도를 취해야 진정한 행복을 누릴 수 있다는 것을 강조한 것이다.

이상 끝맺음에 언급한 4대 정신은 내가 지금까지 살아오면서 온갖 고난과 역경을 겪으며 배우고 보고 듣고 경험하고 깨달은 바를 내 어머니의 생활 모습과 교시(敎示)에 입각하여 간추려 정립한 것이다. 다시 말하면, 영원불변한 보석(寶石)처럼 늘 진실하게 무실역행(務實力行)하며 정도예의(正道禮儀) 실천이 거룩하신 내 어머니가 물려주신 위대한 유산이다.

영원불변한 보석같이 세상에서 가장 아름답고 고귀한 인간은 외모나 스펙(spec)이 아니라, 올바른 사고력으로 늘 진실하게 살아가는 사람이다. 나 또한 여생을 더욱더 진실하게 생활할 것을 매일 어머니 영정을 바라보며 다짐하고 있다.

경구〔警句〕: 진실에 뜻을 두고 지키면 만족하고 즐거움이요, 재물에 뜻을 두고 쫓으면 마음이 흔들리고 고통이라. (守眞志滿亦樂逐物意移亦苦)

나의 자손들아!

어디서 무슨 일을 하며 생활하든 위의 4대 정신을 필히 엄수하면서, 길이 아니면 가지 말고 예가 아니면 행하지 말라(非道不行 非禮不動)는 성인의 가르침에 따라 극기복례(克己復禮)하며 수처작주(隨處作主) 자세로 항상 무실역행(務實力行)과 정도예의(正道禮儀) 생활로 자신의 책무와 역할은 물론, 그와 관련되는 일까지도 완벽하게 처리하고 인류공영에 이바지하면서 기쁨이 늘 함께하는 가정을 이루고, 자손 대대로 번성하기를 바란다. 이를 위해 나는 저승에 가서도 두 손 모아 간절히 기원할 것이다.

간절한 기도문

경외(敬畏)하는 신(神)이시여!

저의 자손들을 이런 사람으로 인도하여주시옵소서.

인간 생활에서 진실처럼 아름답고 고귀하며 영원한 것은 없으므로, 늘 진실하게 자신의 책무와 역할을 다하게 하시고, 온갖 고난이 닥쳐도 반드시 슬기롭게 극복하고 자랑스러운 성공과 승리에도 겸손하게 하소서.

천지우주 섭리를 알고 중심을 섬겨 교류하며 신분과 분수를 지켜 안락한 요행의 길로 가지 말게 하시고 예의와 질서를 필히 준수하며 높고 아름다운 도덕성을 굳게 갖추어, 약자(弱者)를 가엽게 여겨 도우며 배려하는 자손들 되게 하소서.

지(知)·정(情)·의(意)의 사고(思考)와 관찰로 혈족 조국 인류 역사를 정확히 알고, 미래지향적 인격과 의지를 다지며, 쉼 없이 가정과 조국과 의(義)를 위해 인류공영에 이바지하는 올곧은 진실한 사람, 참일꾼들 되게 하소서.

하늘이 내려준 양심과 도의를 더욱 향상시켜 결실을 맺어야 할 책임은 오로지 자신뿐이기에, 자기 자신과의 싸움에서 늘 자승

하며 공명한 평정심(平靜心)을 유지하도록 조상의 가호와 신의 축
복이 내려지기를 불초는 간절히 앙망하옵니다. 아멘.

(지〔知〕: 과학적 관찰력, 정〔情〕: 예술적 표현력, 의〔意〕: 철학적 사고력)

夫婦之道 相敬如賓

천지우주의 섭리를 알고 깨달으면

知 覺 天 地 宇 宙 之 攝 理

중심과 정도 예의를 굳게 지니게 된다

堅 持 中 心 而 正 道 禮 儀

중봉(中峰) 이대위(李大衛) 撰

거룩한 어머니 유산